KB081295

김목인

어려서부터 손으로 만드는 일을 좋아해 14살에 창작자가 되기로
결심했다. 그러나 영화감독 지망생, 헌책방 아르바이트, 초벌
번역가, 인디레이블 직원 등을 거친 20대 후반까지도 도대체 '내
작품'이라는 건 어떻게 만드는 것인지 알 수 없었다.

하지만 지금은 싱어송라이터, 작가이자 번역가로서 여러 작품들을
발표하며 뒤늦게, 실컷 이 모든 '만들기'를 경험하고 있다.

창작은 영감을 기다리는 막연한 일이기도 하지만 동시에 꽤나
구체적인 일이기도 하다고 생각해 이 책을 쓰기 시작했다.

『음악가 자신의 노래』부터 『저장된 풍경』까지 4장의 정규앨범을
발표했고, 『직업으로서의 음악가』 『음악가 김목인의 걸어 다니는
수첩』 『미공개 실내악』 등을 썼다. 옮긴 책으로는 『스위스의 고양이
사다리』 『지상에서 우리는 잠시 매혹적이다』 『다르마 행려』 등이
있다.

영감의
말들

작업의
물꼬를
트기
위하여

영감의 말들

김목인
지음

들어가는 말

영감의 말들이라니!

'나에게 왜 이리 어려운 주제가 들어왔지?'라고 처음엔 생각했다. '영감의 말들'이라니. 생생한 조언으로 한 문장 한 문장 독자의 영혼을 충만하게 해 줘야 할 것 같았다. 그러나 편집부는 이 책이 조언을 담는 책이 아니라 영감을 주제로 문장을 모으고 또 다른 독서로 안내하는 책이라고 했다. 그렇다면…… 써 보기로 했다. 언제나 그렇듯 영감이 찾아올지 아닐지도 모른 채로.

영감이란 무엇일까? 머리를 쥐어뜯으며 "영감이 안 떠올라!"라고 외치는 모습은 창작자의 전형처럼 보인다. 그러나 내가 머리를 쥐어뜯을 때 영감이란 단어를 떠올렸었나? 아닌 것 같다. "적당한 말이 안 떠올라." 혹은 "다음 소절이 안 떠올라."처럼 좀 더 구체적인 표현을 썼던 것 같다.

역시나 '영감'이라는 단어는 내게도 추상적으로 다가왔다. 그에 대해 확실히 아는 거라고는 이만큼 뜬구름 잡는 단어도 없다는 점이다. 만일 창작자를 모아 놓고 영감에 대해 얘기하자고 하면 곧 누군가 그 표현이 창작을 설명하기에 과연 적절한지 물을 것이다. 좀 더 들어가면 영감 같은 건 존재하지 않는다는 강한 부정이 나올 것이고, 더 얘기하다 보면 그런 걸 생각할 시간에 연습이나 작업을 하자는 의견이 나올 것이다.

실제로 주변 창작자들을 보면 무언가를 떠올리는 순간에 대해서는 많은 이야기를 하지 않는 것 같다. 그건 워낙 기본이어서 그런지, 사적인 영역이라 생각하는 것인지. 오히려 기술적인 노하우나 재료, 작업 도구에 대해 더 많이 이야기한다.

그러나 영감이라 부르는 그 무엇 없이는 작업이 잘 진행되지 않는다는 건 분명하다. 글쓰기도 음악도 꽉 막힌 듯 멈춰 버린다. 실제로 작용하고 필요하지만 실체가 모호해 손에 잡히지 않고 오해도 많은 것. 그게 영감 아닐까? 그러나 책을 쓰는 동안 그 모호함이 방해되지는 않았다. 언제나 영감에 따라붙는 동사 '떠오르다'가 있었기 때문이다('안 떠오르다'가 더 자주 따라붙긴 하지만).

영감이라는 추상적인 명사는 '떠오르다'라는 동사로 현실에 닻을 내린다. 즉 무언가를 만드는 이들에게 '떠올리기' '떠오름'은 경험과 관찰이 가능한 현상이다. 그래서 나는 일단 곡이나 글을 쓰기 전에 뭔가 떠오르거나 떠올린 경험을 돌이켜 보았다. 또 이 책을 쓰는 동안에도 내게 일어나는 일들을 관찰했다. 영감의 정체가 무엇이든 쓰다 보면 윤곽이 드러나지 않을까 싶어서.

동시에 '영감의 말들'이 되어 줄 문장을 찾기 시작했다.

나는 100개의 문장을 고르며 주로 '비슷하게 무언가를 만드는 이들의 말 혹은 그들이 어렴풋이 영감을 묘사한 문장'을 찾았다. 여러 사람들이 '영감은 이런 게 아닐까' 말한 문장이 모이면 영감의 작동 원리가 자연스레 그려지리라 생각했다. 그러나 그 작동 원리를 이해하는 것과 영감이 실제로 떠오르는 건 다른 문제다. 가령 나만 해도 이 책의 원고를 쓰면서 지인에게 이런 농담을 한 적이 있다. "신기하지? 영감이 가뜩이나 안 떠오르는 시기에 영감에 대한 책을 쓰고 있어."

지금도 나는 계속 이것저것 창작하며 절실히 영감을 구하는 처지다. 그런데 영감이 무엇인지 생각하고, 영감이 떠올랐던 경험을 떠올리며 책을 쓰고 있다니! 게다가 원고에서 영감을 떠올리기 좋은 상황이나 조건들을 상상하다 보니 과연 나는 그런 조건에서 작업하고 있는지, 영감을 쥐어짜고 있는 건 아닌지, 혹시나 이 책이 '마감의 말들'로 읽히는 건 아닌지 걱정되었다.

첫 의도가 그랬듯 나는 영감의 조언자로서 이 글을 쓰지 않았다. 무언가가 떠오르길 바라고, 기다리고, 스스로를 달래고, 끝까지 애를 먹다 막판에 찾아오는 영감을 원망하며 이 책을 썼다. 한편으로 나는 이런 일이 내가 하는 음악이나 글쓰기에서만 일어나는 일이라고 생각하지 않아 '만들기'나 '떠올리기'라는 좀 더 일반적인 수준에서 이야기하고자 했다. 나는 내가 취미로 뭘 만들 때 일어나는 일이 작품을 만들 때 일어나는 일과 크게 다르지 않다고 생각하기 때문이다.

마지막으로 잠시 영감이란 단어를 잊고 이 책에 실은 문장들을 그 자체로 즐겨도 좋겠다. 영감은 조금 외면해야 슬금슬금 다가오는 습성이 있기 때문이다. 무언가 만들려고 하는 모두에게 좋은 영감이 깃들길, '조용히' 속삭여 본다.

들어가는 말   9

문장 001   14
↓   ↓
문장 100   212

슬럼프에
빠진
펜이
슬럼프에
관한
일만은
줄줄
써　　　　이
내려가다니,　무슨
　　　　　얄궂은
　　　　　현상이란
　　　　　말인가.

유메노 규사쿠, 「슬럼프」, 나쓰메 소세키 외, 『작가의 마감』
(안은미 엮고 옮김, 정은문고, 2021)

001

집에서 10분쯤 떨어진 작업실로 걸어오며 나는 어떤 글의 첫머리를 생각했다. 그늘을 골라 가며 가볍게 걸어와 계단을 올랐고, 안으로 들어와 마스크를 걸어 놓고 손을 씻었다. 그리고 노트북을 켠 다음 바로 첫머리를 썼다.

하지만 한동안은 이렇게 하지 못했다. 그래서 작업을 위한 컨디션을 만든다며 커피를 사러 나가기도 하고, 모처럼 맛있는 커피를 마시겠다고 조금 먼 곳까지 가 보기도 하고, 몸풀기로 넷플릭스에서 보던 시트콤 한 편을 이어 보기도 했다. 간이침대에서 낮잠을 자기도 했다. 그러다 누가 요청해 온 자료를 정리하느라 오후를 다 보내기도 하고, 어떤 날은 무지개를 보러 나가기도 했다. 무지개는 흔히 뜨는 게 아니니까. 건물이 가리지 않는 탁 트인 곳까지 나가 무지개 사진을 몇 장 찍고 다시 슬슬 걸어 작업실로 돌아왔다.

다 괜찮았다. 삶에 뭐 하나 의미 없는 것은 없었다. 그러나 '어떤 글'을 시작하지는 못했다. 그러면 그 '어떤 글'을 시작하려는 마음은 밤으로 옮겨 간다. 문제는 이미 무더위로 체력은 방전되고, 저녁나절 가족과 시간을 보내고 나니 멍한 상태라는 것. 자정쯤 굉장한 작업을 시작하고 싶은 마음인데 체력이 안 되면 기분이 별로 좋지 않다. 이만 자고 내일 말끔하게 시작하기로 한다. 그렇게 누우면 '어떤 글'의 첫머리가 다시 떠오른다. 벌떡 일어나 다시 불을 켤까도 생각하지만, 숙면이 나을 것 같다. 머리맡에 먹과 종이를 두고 잤다는 어느 옛사람의 일화를 떠올리며 잠에 빠져든다.

그렇게 여러 날을 보내다 어느 날 '웬일로' 작업실에 들어오자마자 노트북부터 켠다. 그리고 첫머리를 쓴다. 항상 그래 왔던 사람처럼. 그리고 몇 줄 더 써 내려가기 시작한다.

자라면서
이
퍼즐에는
가장자리도
테두리도
없다는
사실을
깨달았다.

사방으로
끝도
없이
계속
뻗어나가기만
했다.

사샤 세이건, 『우리, 이토록 작은 존재들을 위하여』
(홍한별 옮김, 문학동네, 2021)

빌 에번스가 연주한 「왈츠 포 데비」를 들으면 항상 떠오르는 이미지가 있다. 아름답지만 뒷부분이 무너진 건축물. 앞부분은 언제든 흥얼거릴 수 있지만 뒷부분은 어렵다. 달콤하고 선명한 주제 선율 뒤로 복잡한 즉흥연주가 이어지기 때문이다.

교향곡 같은 긴 음악도 대부분 그렇다. 쉽게 시작해, 갈수록 복잡하고 어려워진다. 간혹 쉽다고 기억하는 작품도 앞부분의 뚜렷한 선율 때문인 경우가 많다. 구석구석 쉽게 외워지는 노래도 매력적이지만, 이렇게 미지의 세계를 품고 있는 작품도 근사하다. 항상 뻔하지 않은 탐험을 이끌기 때문이다. 어느 정도 예상 가능한 범위에서 시작해 차츰 의외의 길로 빠지는 매력이 있다.

어릴 적에는 어른이 되면 답이 딱 떨어지는 분야의 일을 할 줄 알았다. 언어와 예술의 세계는 내게 너무 두루뭉술해 보이기만 했다. 그런데 무슨 아이러니인지 점점 그쪽으로 끌려 지금은 그쪽 일만 하고 있다. 음악, 글쓰기, 번역. 세상에서 답이 딱 안 떨어지기로 유명한 일들. 그러나 딱 떨어지지 않는다는 점이 이런 일의 매력이다. 삶은 복잡하고, 그걸 포착하려면 복잡한 방식이 필요하니까. 너무 쉽게 포착된 것은 거짓일 가능성이 높다.

아직 나는 비교적 파악이 쉬운 짧은 글이나 음악을 만들고 있다. 그러나 내공이 쌓이면 어디로 갈지 모르는 작업을 해 보고 싶다. 논리적으로 시작해 점차 벗어나는 작업. 베를린의 유명한 성당처럼 한쪽이 무너져 더 신비롭게 느껴지는 그런 작업.

모두에게 가장 유용할 충고 하나. 만화가는 아무 일도 없는 상태에 있어서는 안 되고 언제나 적어도 한 가지 일은 진행하고 있어야 한다.

찰스 슐츠, 『찰리 브라운과 함께한 내 인생』
(이솔 옮김, 유유, 2015)

003

생각에도 '관성의 법칙'이 작용한다. 즉 움직이던 생각은 계속 움직이지만 정지한 생각은 계속 정지해 있으려 한다. 가령 덮어 두었던 작업을 다시 펴는 일이 그렇다. 한때 금방이라도 뭔가 될 것 같았던 초안이 마치 다른 누군가의 서류 더미처럼 낯설어 보인다. 그러다 보니 한번 작업을 멈추면 다시 이어 가는 데 며칠이 걸리기도 한다.

가사 쓰기도 마찬가지다. 나는 아이디어만 생생하면 보통 1절까지는 빠르게 쓰는 편이다. 곧이어 2절을 쓸 차례가 되면 '노래의 수레'가 앞의 가사를 싹 비우고 와서 기다리는 기분이다. 1절이 가사와 악곡을 함께 쓱쓱 그려 가는 작업이라면 2절은 이미 생겨 버린 형식(악곡)에 어울리는 단어를 끙끙대며 채워 넣는 작업이다.

나는 앞선 멜로디를 되뇌며 바보 같은 2절을 수없이 만들어 낸다. 대부분은 1절에 비해 과장되고 가식적이며 지어낸 내용인 경우가 많다. '왜 노래가 1절로 끝나면 안 되지?'라고 투덜대며 1절의 끄트머리를 주문처럼 반복한다. 어느 순간 툭 하고 물꼬가 터지며 2절까지 채워 지기를 바라면서.

언젠가 번역하던 책에 필요한 자료를 찾다가 옛 철도 역무원의 업무를 기록한 영상을 본 적이 있다. 화물열차가 조차장에 들어오면 새로운 행선지에 따라 화물칸을 분리해 새로 연결해야 하는데, 엔진이 없는 화물칸을 떼어 옮기는 방식이 기발했다. 기관차가 화물칸을 단 채 후진하다 일정 속도에 이르면 슬쩍 몇 칸을 놓아주는 것이다(역무원이 올라타 연결 부위를 푼다). 이제 엔진 없는 화물칸은 알아서 한참을 달려가다 새로운 기관차에 착 달라붙는다. 바로 이런 게 관성을 잘 활용한 작업이 아닐까? 나는 대부분의 시간을 멈춰 버린 화물칸을 힘으로 밀거나 겨우겨우 끌고 와 이리저리 붙이며 보낸다.

"나는
내가
반복한
것이다."

장-다비드 나지오, 『무의식은 반복이다』
(김주열 옮김, 눈, 2015)

004

왕성한 창작자는 자기 이야기를 많이 갖고 있는 걸까? 인생이 파란만장해서 워낙 소재가 많은 걸까? 꼭 그런 것 같지는 않다. 내 경험에 미루어 보았을 때 작품과 자기 이야기는 하나씩 꺼내 쓰는 식으로 일대일 대응을 이루지 않는다. 파란만장하게 살아온 사람이 더 노련할 순 있어도 그 삶이 반드시 풍성한 창작으로 이어지는 것도 아니다.

오히려 풍성한 이야기는 이렇게 탄생하는 게 아닐까? 어떤 사람이 어릴 적 무슨 이유로 자기 이야기가 충분히 전달되지 않는다고 느끼기 시작한다. 처음에는 소리도 쳐 보고 고집도 부려 보지만 차츰 다른 방법으로 눈을 돌린다. 목소리 크기가 아닌 다른 방식으로, 같은 이야기를 변주하는 능력을 키워 가면서.

이런 상상을 한 건 내가 어느 정도 그런 사람이기 때문이다. 나는 항상 노래로 여러 소재를 다루어 왔고, 거기에는 내 심리와 거리가 먼 객관적이고 사회적인 동기도 있다고 생각했다. 그런데 요즘은 의문이 든다. 나는 어떤 하나의 이야기를 완성하려고 무수한 버전의 말하기를 시도하는 게 아닐까? 즉 결핍을 여러 이야기로 채워 가는 게 아닐까?

그러나 꼭 그것만도 아닌 것 같다. 결핍이 있더라도 이야기를 별로 하고 싶어 하지 않는 사람도 있으니까. 난 마음껏 이야기를 할 수 있었던 환경 덕에 이야기에 대한 좋은 기억을 갖고 있다.

나는 왕성한 창작자는 못 된다. 꾸역꾸역 이야기를 찾아가는 과정에서 매력을 느낄 뿐이다. 가장 왕성한 이야기보따리를 가진 사람은 누구일까? 경험도, 결핍도, 좋은 기억도 많은 사람 아닐까?

이런
단순한
움직임에서
얼마나
놀라운
결과가
생기는지.

사드 카하트, 『파리 좌안의 피아노 공방』
(정영목 옮김, 뿌리와이파리, 2008)

악기는 희한하다. 소리가 잘 나게 하려면 사람이 이렇게 저렇게 적응해 나가야 한다. 평소 안 하던 독특한 자세를 취하는 운동 같달까. 우스운 점은 힘을 빼고 안정된 호흡을 하는 지루한 시간 동안 악기는 아무것도 강요하지 않는다는 점이다. 그저 '소리의 질'로 보여 줄 뿐이다.

나는 초등학교 저학년 때 피아노를 배우다 그만둔 뒤 레슨을 받지 않았다. 내 곡의 연주나 작곡에 필요한 것은 혼자 연습해 왔는데, 그래서인지 자신이 없는 부분도 많다. 특히나 클래식 연주는 연습한 세월에 따라 얼마나 소리가 천지 차이인지 알기에 그냥 엿보는 정도에 만족한다.

틈이 날 때면 종종 바흐의 『평균율클라비어곡집』을 조금씩 쳐 본다. 현대 작곡가들의 스승이었던 나디아 불랑제의 책을 읽다 이 곡의 위대함을 알게 되었다. 불랑제의 제자들처럼 이 곡의 모든 성부를 혹독하게 암송할 일은 없기에, 나는 작품의 구조가 얼마나 아름답고 섬세하게 짜여 있는지만 느껴 보곤 한다. 그래서인지 내 바흐 연습은 수년이 지나도록 서너 곡 이상을 못 넘어가고 있다. 틀리는 부분은 매번 틀린다. 안 되는 부분을 집중해서 연습해야 한다는 걸 알지만 띄엄띄엄 치다 보니 매번 그 부분에 이르러 재차 깨달을 뿐이다.

영원한 미완성 연주일지라도 시작할 때는 언제나 기분이 좋다. 양손의 균형을 요구하는 곡은 자세를 단정하게 만드는 힘이 있다. 그리고 가끔 균형이 맞으면 좋은 소리가 난다. 열심히 하면 언젠가 곡 전체에서 이런 소리가 날 수 있다고 살짝 보여 주는 느낌이랄까. 그런 점에서 악기는 참을성 있는 선생님이다. 긴 시간을 말없이 기다려 주기 때문이다. 하지만 가장 무서운 선생님이기도 하다. 내 노력의 정도를 알아서 느끼게 만드니까.

비범함은   집중하는   고독을
야외를   정신을   좋아한다.
좋아한다.   좋아한다.

메리 올리버, 『긴 호흡』
(민승남 옮김, 마음산책, 2019)

이렇게 영감에 대한 글을 쓰고 있지만, 영감을 떠올리는 데 좋다는 산책에는 게으른 편이다. 그러나 일단 나가면 기분이 좋다. 특히 집 근처의 천변에 가는 걸 좋아한다. 그곳을 걸었던 기억이 거의 다 좋았는데, 비바람에 을씨년스러운 날도 있었지만 대부분 맑고 따사로웠다.

무엇보다 천변은 도로보다 낮아서 살짝 조용하다. 사람이 많은데도 고요해 가끔은 시간이 멈춘 듯한 기분이 든다. 그런 분위기에서는 세상과 무관한 생각의 순서를 따르게 된다. 나만 그런 건 아닌 것 같다. 천변에 있는 사람들은 도심을 걷는 사람들과는 조금 다른 모습이다. 조깅하거나 물고기가 있나 멍하니 물속을 들여다보는 모습이 전철에서 휴대폰을 보는 모습과는 사뭇 다르다.

맑은 날 사람들이 천변에 앉아 오리나 백로를 구경하는 동안 근처에 앉아 생각을 메모한 적이 있다. 데모 테이프를 들으며 천변을 따라 한 정거장 떨어진 역까지 걸어간 적도 많고, 집에 가서 뭔가를 적어야겠다고 생각하며 기분 좋게 걸어 돌아온 적도 있다.

한번은 동료의 앨범 추천사도 천변에서 썼다. 몇 줄 안 되는 글도 보통 집에서는 한없이 미루거나 지지부진해지는 법이라 천변에 나가서 써야겠다고 생각했다. 이어폰을 끼고 가까운 역까지 걸어가며 앨범을 들었다. 도중에 징검다리를 건너고, 운동기구나 얕게 흐르는 물을 보며 그것과 음악이 연상시키는 단어를 적었다. 그리고 집에 돌아와 간단히 정리하는 것으로 추천사를 마무리했다.

나야 천변이지만 다들 비슷한 다른 공간이 있을 것이다. 생각이 앞뒤 없이 자연스레 풀어지는 공간, 무의식에 접속하게 해주는 공간 말이다.

나는
내
시가
고동침을,　　세속적인
숨차오름을,　　기쁨의
　　　　　　　순간을
　　　　　　　담기를
　　　　　　　원한다.

메리 올리버, 『휘파람 부는 사람』
(민승남 옮김, 마음산책, 2015)

조금 피곤한 시선으로 삶을 바라보는 사람은 의욕적인 일을 이해하지 못한다. 저게 뭐가 그리 재미있지, 왜들 그렇게 뭘 하려고 하지? 어른이 보는 청소년이 그렇고, 아이들이 그렇다. 그들은 얼핏 쓸데없어 보이는 것을 열심히도 한다.

나 역시 피로한 시선을 지닌 어른이지만 요즘은 그게 결국 삶이구나 생각한다. 무언가에 관심을 갖고 애써 하려는 것. 거기에 달리 이유가 있는 건 아니다. 살아 있기에 그러는 것이다.

나는 '삶의 관점'에서 세상을 보는 노력을 좀 해 봐야겠다고 생각했다. '죽음의 관점'에서 세상을 보는 버릇이 있는 것 같았기 때문이다. 어떤 섬뜩한 관점이 아니라 뭐든 끝을 먼저 생각하며 삶을 관조하는 것이 죽음의 관점이지 싶다.

사실 세상의 많은 작품이 죽음의 관점에서 나온다. 유한한 것에 대한 사유, 비관이 섞인 섬세함은 근사하고 멋지다. 오히려 삶에 대한 것은 싱거워 보일 때가 있다. 우리가 매일 삶을 살고 있어서인 게 아닐까? 하지만 죽음의 관점으로 삶의 모든 것을 세세하고 무한하게 해석할 수 있다면 왜 삶의 관점으로는 그렇게 못하겠나.

아직 내 표현에는 유한한 삶에서 일어나는 일의 아이러니나 영원한 척하는 태도에 대한 풍자가 주를 이룬다. 그러나 언젠가 그저 삶을 삶의 관점에서 노래하는 작품을 쓰고 싶다. 마티스의 작품을 보면 얼마나 삶 자체의 건강함이 가득한지! 그렇다고 거기에 깊이가 없나? 전혀 아니다. 그런 경지를 배우고 싶다.

이제
이걸
가지고
뭘
해야
할지
알
수
없었다.

사일로
한
채를
거뜬히
채울
만한
자료를
모았는데,

존 맥피, 『네 번째 원고』
(유나영 옮김, 글항아리, 2020)

각종 마감과 약속에 치이다 보면 이런 생각을 하게 된다. 압박감이야말로 창조력을 사라지게 하는 주범이라고. 적당한 긴장과 압박감이 있어야 뭔가를 만든다고? 물론 만들긴 하겠지만, 능력을 쥐어짜는 것과 창조적인 영감은 질감이 다르다. 나는 압박감을 느낄 때면 항상 이 모든 일이 끝나 창조적인 시간으로 돌아갔으면 하고 바란다. 하지만 그런 시간이 온전히 오기는 할까?

일상에서는 누구나 약간의 긴장을 안고 살기 마련이다. 그래도 간간이 경쾌한 리듬을 되찾는 시간이 있다. 자발성을 불러일으켜 뭔가를 끼적이게 하는 리듬.

얼마 전 마감이 겹친 두세 가지 일이 주는 압박감에 쫓기다 전철에서 무언가를 적은 적이 있다. 그 메모는 마감을 앞둔 일감과 무관한 내용이었지만, 신기한 여유를 만들어 냈다. 압박감 속에 작은 숨통이 트인 것 같았다. 나는 조그만 스프링 수첩에 비뚤비뚤 생각을 적으며 마음의 균형을 되찾았다. 메모는 또 다른 메모로 이어졌고, 해야 할 일은 여전했지만 조금 정신이 들었다. 해결된 일은 아무것도 없는데 왜 메모가 마음의 안정을 준 걸까?

자발적으로 한 일이라 그랬던 것 같다. 쫓기는 마음에는 내 일은 전혀 하지 못하고 있다는 억울함과 초조함이 도사리고 있다. 그런데 메모는 잠깐 자발적으로 썼으니까.

그날 전철에서 쓴 메모는 기발한 내용은 아니었다. 그러나 창조성과의 끈처럼 느껴졌다. 비록 어수선한 일에 쫓기고 있지만 곧 자발적인 시간으로 돌아가 기분 좋은 리듬을 되찾으리라는 희망.

이야기를
시작하자마자
내가
정신없이
질주하고
있다는
걸
깨달았다.

호르헤 부카이, 『이야기해줄까요』
(김지현 옮김, 천문장, 2017)

이야기에는 흘러가는 힘이 있다. 우리는 무슨 말을 하는지 모르고도 계속 말할 수 있는데, 바로 그 흘러가는 힘이 있기 때문이다.

가끔 청탁을 받으며 생각한다. 양파에 대해, 집 앞의 묘한 풍경에 대해, 해 질 녘의 황홀감에 대해 어떻게 글을 쓰라는 거지? 머리로만 생각하면 너무나 막막하다. 하지만 마음속에 이야기를 듣는 누군가가 있는 듯 말하기 시작하면 이야기가 알아서 점점 살을 찌운다. 마치 흘러가며 주변의 물줄기를 끌어모으는 강물처럼. 한편 이야기는 또 절묘한 시점에 멈추기도 한다. 그렇게 이야기는 모든 걸 알아서 한다.

나는 이따금 일상적인 일을 하며 아무 노래도 쓰지 않고 여러 달을 보낸다. 그럴 때면 긴 공백 끝에 어느 날 다시 기타를 잡았던 존 레넌의 일화를 떠올리곤 한다. 때가 맞으면 이야기는 언제든 다시 시작될 수 있다고 믿어 본다. 물론 시동을 거는 데 시간이 걸리겠지만 곧 속도가 붙고 다시 풍성한 감각이 되살아날 거라고. 아무것도 쓰지 않았지만 언제든 시작하기만 하면 이야기가 나를 어디론가 데려가 줄 거라고.

관념 속의 강물은 똑바로 흘러간다. 그러나 실제의 강물은 낮은 곳을 향해 갈라지고 모이며 절묘한 방향으로 흐른다. 이야기도 마찬가지다. 일단 물꼬가 트이면 건조할 때는 사라진 줄로만 알았던 나와 세상의 물길이 하나하나 모이며 절묘한 이야기의 강을 이룰 것이다.

나는
자신의
눈에
보이는
것을
확신하지
못할
때를
좋아한다.

우리가
왜
그것을
들여다보고
있는지
모를
때,
갑자기
우리는
보기
시작한
것을
발견하게
된다.

나는
이런
혼란스러운
상황이
좋다.

.

사울 레이터, 『사울 레이터의 모든 것』
(조동섭 옮김, 월북, 2018)

○
┼
○

요즘에는 새삼 달이 신기하다. 특히 낮달. 어느 오후 뚜렷하고 하얗게 뜬 달이 공중 도시 같다고 생각한 다음부터 자주 하늘을 올려다보게 되었다. 어떤 날은 달이 마치 스스로 빛을 내는 전구 같았다. 햇빛을 반사하는 거라는 사실이 믿기지 않을 만큼.

이렇게 막연히 마음을 끄는 것을 모두 영감이라고 할 수는 없겠지만, 경험상 이런 소재는 작품 한구석에 등장할 확률이 높다. 사람들은 작품에서 그것이 상징하는 바를 상상할지 모른다. 혹은 전통적인 의미를 덧붙일지도 모른다. 그러나 어떤 소재는 작품을 만든 사람조차 그 의미를 모른다. 정확히 말하면 의미를 모른 채 '그것에 끌린다'는 사실만 아는 것이다. 나는 보통 그런 끌림이 시간을 두고 반복되면 의미와 무관하게 신뢰하곤 한다.

의미를 몰라도 넣어 보고 붙여 보기. 나는 뒤늦게 그 매력을 알게 되었다. 감으로 하는 작업이 우연처럼 보일지라도 맥락이 없는 게 아니라 내가 '아직' 그 맥락을 모를 뿐이라는 것.

그래서 내가 만든 작품인데도 나중에야 숨은 맥락을 이해할 때가 있다. 세 번째 앨범을 만들 때 「SNS」라는 곡을 써서 마지막에 배치한 뒤에야 앞의 곡들을 하나로 잇는 무의식적 주제를 깨달았다. 내가 노트에 적어 놓고 작업해 온 '블랙코미디'라는 단어는 그저 유머를 의도한 게 아니었다. 타인의 죽음에 대한 슬픔을 감추느라 블랙코미디라는 어법을 썼던 것이다.

때로는 몇 년이 지나 숨은 의미를 알게 되기도 한다. 오랜만에 내 곡을 듣다가 '아! 몇 년 전의 나는 속으로 저런 말을 하고 있었구나' 하고 말이다.

새소리에　거의
관심을　모든
기울이기　곳에,
시작하면서　온종일,
나는　언제나
새들이　존재한다는
　사실을
　새롭게
　깨달았다.

제니 오델, 『아무 것도 하지 않는 법』
(김하현 옮김, 필로우, 2021)

찾을 수 있다 해도 너무 찾으려 해서는 안 된다. 숨어 있는 영감 말이다. 그러나 무언가를 창작하는 일이 많아지면 어느 시점에 영감을 찾아다니게 된다. 영감이 오기도 전에 찾으러 간다. 그렇게 얻은 영감은 괜찮을 수도 있지만 어딘가 꺼림직하다. 왠지 억지스러울 것 같다.

이럴 때면 애써 영감을 당장에 끌어내지 않아도 되는 일이 얼마나 상쾌해 보이는지. 당장 안 해도 되는 일에 관한 아이디어는 잘도 샘솟는다. 또 밖으로 나가서 뭐든 쓰면 괜찮은 것이 나올 것 같기도 하다. 무언가를 위해서가 아니라 그저 기록하고 탐구하는 마음으로.

오래전에는 그랬다. 수첩을 품고 다니며 온갖 자잘한 일을 기록했다. 그때는 반대로 이 기록이 무언가로 열매 맺지 못해 고민이었다. 일을 의뢰하는 사람도 없었다. 인생의 아이러니다. 이제 기록에 대한 그만한 열정이 없는데, 영감을 때맞춰 떠올려야 하고 열매도 맺어야 하다니. 예전의 수첩은 어디로 간 거지? 전처럼 수첩을 품고 다니지도 않으면서 무엇이 떨어지길 바라는 거지?

나는 시간 맞춰 보내야 하는 일감을 잠시 미뤄 두고 중단했던 일기를 쓴다. 영감을 찾느라 흩어진 정신과 조급한 마음이 가라앉길 바라면서. 그러다 보면 다시 깨닫는다. 좋은 영감은 다른 어딘가에서 출발해 이곳으로 왔었다는 것을. 길에서, 버스 안에서, 어느 공연장 구석에서 문득 찾아왔었다는 것을.

산책자는 '몸이
걸을 아닌
때만큼은 것'에
자신의 시선을
'몸'보다 둔다.

한정원, 『시와 산책』
(시간의 흐름, 2020)

날씨가 선선하고 일정에도 여유가 있으면 알 수 없는 기대감에 사로잡힌다. 이 기분이 무얼 만들어 내지 않아도 좋다. 이미 영감으로 가득한 기분이다.

여행을 잘 계획하지 않는 편이지만 일 때문에 종종 혼자 타지에 간다. 전날 저녁에 공연을 마치고 숙소에서 잔 뒤라면 보통 여유가 있다. 집과 일터에서라면 금방 지나갈 오전 시간에 나는 근처로 나간다. 처음 와 본 동네의 골목과 건물을 둘러보는 것만으로도 의욕이 난다.

나는 일상 공간이 아닌 곳에서도 인생에 밀착감을 느낄 수 있다고 생각한다. 평소에 가 보지 않던 곳에서 남모를 친숙함이 느껴지며, 마치 진짜 인생이 내가 몰랐던 이곳저곳에 흩어져 있었던 것 같다.

대구에 갔을 때는 어느 외진 장소에서 열린 사진전에 들렀는데, 그 뒷골목이 꼭 어릴 적 할머니 댁 근처 같았다. 잠깐 걸었는데도 마치 과거로 돌아간 기분이었다. 전주터미널 근처 오래된 동네와 통영에서 한참 돌아다녔던 동네도 그랬다.

일상에서는 빼곡한 일정에 쫓겨 풍경을 멍하니 볼 여유가 없을뿐더러 친숙한 풍경일수록 빨리 지나치게 된다. 또 사람들과 있다 보면 대화가 앞선다. 그래서 혼자 조용히 풍경을 마주할 수 있는 낯선 동네에서 친숙함을 느끼는지도 모르겠다.

3집 앨범의 한 부분을 도통 완성하지 못하던 때에 나는 을지로의 한 호텔에 묵었다. 도심에 혼자 있는 그 묘한 기분 덕에 겨우 미완성 부분을 해결했다. 을지로에 가니 겨우 인생이 선명히 보였던 것이다.

그래서
에세이를
써야
할   일기를
때도   쓰자고
            생각하며
            공책을
            편다.

문보영, 『일기시대』
(민음사, 2021)

흔히들 창의력은 상상력이나 공상과 가깝다고 여기지만 오히려 반대다. 상상을 줄이면 창의적이 될 때도 있다. 세상사가 한없이 관성적으로 굴러가기 때문이다. 또 우리는 세상을 관성적으로 보고 관성적으로 반응한다. 많은 이들이 '으레 그렇다'고 하는 얘기를 반복해서 하는데, 상상을 줄이면 신선해지는 것이 그래서다. 실제 일어나는 일을 정확히 보고 말하는 것의 신선함.

「계절은 신비하기도 하지」라는 곡을 쓰던 시기에 나는 끝날 것 같지 않던 더위에 지쳐 있었다. 어느 새벽 자는 둥 마는 둥 하며 열린 창을 보고 있는데, 하늘이 분홍빛으로 변해 있었다. 그날부터 날씨가 가을로 바뀌었다. 그걸 보지 않았더라면 나는 하늘이란 해 질 녘에나 분홍빛으로 변한다고 생각했을 것이다. 실제의 경험 덕분에 '동쪽으로 붉게 식은 하늘'이라는 가사를 썼다. 상상만 했더라면 '붉은 하늘은 서쪽'을 벗어나지 못했을 것이다.

이처럼 생생한 실체는 조금만 들여다보아도 드러난다. 장담컨대 대부분의 일상은 자세히 보면 생각하던 것과 다르다. 새소리, 아침에 일어나서 가장 먼저 하는 말, 버스 정류장에서 사람들이 나누는 대화의 주제 등등. 그런 것을 잘 관찰해 보여 주는 것만으로도 충분히 창의적일 수 있다. 상상을 줄일수록 더 새롭고 희한하다.

기술과
솜씨를
자유자재로
조절할
수
있게
된   즉흥적인
덕에   펜
                  놀림만으로
                  완벽한
                  표현을
                  할
                  수
                  있었다.

찰스 M. 슐츠·칩 키드, 『PEANUTS 아트 오브 피너츠』
(최세희 옮김, 윌북, 2016)

앨범 재킷에 쓸 그림을 직접 그리게 되어 몇십 년 만에 수채화를 그려 보았다. 부모님이 그림을 그리신 덕에 어린 시절 지도도 받고 중학교 때까지는 미술반도 했다. 그러나 그 뒤로는 펜으로 재미 삼아 끼적인 게 전부였는데, 물을 떠 오고 색을 섞자 낯설면서도 '이런 거였지' 하는 감각이 되살아났다. 녹음도 덜 끝나고 다른 할 일도 많았지만 마음 편히 몰입감에 빠져들었다.

원래 오래 손을 뗐던 사람이 느끼는 게 많은 법이다. 몇 장 안 되는 그림을 그리며 붓질의 매력에 대해, 팔레트에 굳어 있는 물감에 대해, 다양한 재질의 종이에 대해 많이도 곱씹었다.

물감과 종이를 써 보며 재료가 주는 영향도 새삼 느꼈다. 왜 화가가 여러 종류의 물감과 화구를 바꿔 가며 실험하는지, 자신에게 맞는 재료를 찾아 헤매는지 알 것 같았다. 감상할 때는 정신적 산물로만 여겨졌던 작품이 이렇게 물리적 과정을 통해 만들어진다는 사실을 잊고 있었다.

예술 창작이 다른 '물건을 만드는 일'과 얼마나 비슷한가도 생각했다. 여러 가지 재료와 도구가 필요하고 그걸 다루는 데 익숙해져야 뭔가를 제대로 만들 수 있다.

모처럼의 그림 그리기는 신선한 경험이었다. 각 장르는 비슷하면서도 다른 재료와 과정을 필요로 한다. 그 '다름'의 체험이 내 작업을 다시 보게 했다.

그
자체가
하지만　　　　가치가
언제부터인가　　되었다.
알기
쉬움

요리후지 분페이, 『브러시에 낀 먼지를 떼어낸다는 것은』
(서하나 옮김, 안그라픽스, 2019)

나는 노래를 쓰며 소통이 쉬운 쪽을 지향해 왔다. 일부러 어려운 단어를 찾아 쓰지도 않았고, 가능하면 노래 속 이야기가 그 자리에서 바로 전달되었으면 했다. 첫 앨범을 내고 여러 공연을 거치면서부터는 노래 속 이야기가 웃음을 자아내는 재미에도 눈을 떴다. 호응을 얻을 목적은 없었지만 본능적으로 함께 즐기며 나눌 이야기를 노래에 담았다.

그런데 어느 날 한 친구가 슬쩍 불편한 질문을 던졌다. 소통은 외부를 향한 것인데 내면을 깊이 들여다보는 일에는 관심이 없느냐고. 광고음악처럼 대중적인 노래를 만들지도 않았고, 모든 표현에 내면이 녹아 있다고 생각해 크게 귀담아듣지 않았다. 그러나 시간이 흐른 지금에 와서 친구의 질문을 다시 생각하게 된다.

소통이 잘되는 건 분명 예술가에게 행운이자 강점이다. 그러나 예술이 곧 소통은 아니다. 이제 나는 누군가가 보고 느낀 것이 꼭 다른 사람에게 전달되어야 한다고 믿지 않는다. 만약 길을 걷다 어느 장소에 끌려 사진을 찍고, 그곳에 대한 글을 쓰고, 그림과 음악으로 표현했다고 치자. 그 장소가 다른 사람에게도 의미심장할까? 아닐 가능성이 더 크다. 그건 난해해서가 아니라 개인적인 감정이라서 그렇다. 내게 중요한 것이라고 해서 모두에게 중요하지 않을 수도 있는 것이다. 그러나 누군가 그 작품 앞에 멈춰 서서 자신도 비슷한 장소를 좋아한다고 말한다면, 그거야말로 굉장한 소통이다. 난 그렇게 가끔 찾아오는 우연한 소통이 좋다는 걸 배워 가고 있다.

앨범 발매에 필요한 이미지와 문구를 고민하다가 '요즘 사람 모두가 흥미 있어 하는 것'은 바라지 않기로 한다. 나와 비슷한 것에 멈춰 서는 누군가를 위해 이미 골라 둔 말과 음악과 이미지를 잘 다듬기로 했다.

"만약
당신이
무슨
일에 흥미를
잘
갖도록
태어났다면, 모든
일에
흥미가
끌릴
겁니다."
—나디아 불랑제

브뤼노 몽생종, 『음악가의 음악가 나디아 불랑제』
(임희근 옮김, 포노, 2013)

집에 책이 자꾸 쌓이는 건 호기심이 많아서라는 이야기를 들은 적이 있다. 지금 내 방에서 보이는 책만 해도 리페어 문화, 건축, 시, 일러스트, 불교 수행법, 목가구 제작 관련 책과 각종 교본 등 다양하다. 솔직히 대부분 내 일과 직접적인 연관이 없다. 간접적인 연관이야 있겠지만 그 정도 연관은 세상 모든 것과 있다.

내 호기심은 깊다기보다 시간이 나면 이런 것도 좀 해 보고 싶다 정도로 넓은 것 같다. 그래서 마치 사 놓고 쓰지 못한 물건처럼 마음의 짐이 되는 책도 많다. 그러나 이런 호기심은 창작에 가끔 도움이 된다. 특히 소재를 떠올릴 때. 나는 소재가 떨어질 걱정은 많이 하지 않는다(실제로 떨어질 수도 있지만 걱정하지 않는다는 얘기다). 언제나 잡다한 인풋이 있기 때문이다. 나는 KTX를 타면 KTX 잡지에 실린 정보도 혹시 나와 연관이 있으려나 생각하며 캡처해 두는 사람이다. 그러다 보니 이런저런 아이디어를 떠올리는 건 그다지 어렵지 않다. 그것이 더 진행되지 않고 꽉 막혀 버리는 게 힘들 뿐이다.

표현의 첫발을 떼는 데에는 왕성한 호기심이 무엇보다 도움이 된다. 세상에는 주변에 있는 것에서도 연관을 못 느끼는 사람이 많다. 그런 사람은 밖에 나가 둘러보고 오라고 해도 별거 없더라고 말한다. 하지만 어떤 사람은 자리에 앉은 채로도 많은 것을 떠올린다.

창작에 관심이 많은 이에게는 관심거리를 너무 한정하기보다 조금 넘친다 싶게 두루두루 관심을 가져 보라고 말하고 싶다.

상자는
열어서
안을
보는
것.

루스 크라우스·모리스 샌닥, 『구멍은 파는 것』
(홍연미 옮김, 시공주니어, 2013)

작업실에 가다가 메이크업 상자 하나를 주웠다. 상태도 깨끗하고 외관도 매력이 있었다. 그러나 그걸 주워 온 이유는 메이크업 상자 안에는 보통 층층의 서랍이 있다는 걸 알았기 때문이다. 복잡한 장치가 들어 있는 상자는 언제나 내 호기심을 자극한다. 악기 취향도 비슷하다. 기타를 많이 치지만 아코디언이나 피아노 같은 악기를 더 좋아한다. 상자 안에 장치가 들어 있는 모양새니까.

나는 메이크업 상자를 닦으며 어떤 악기를 상상한다. 잠금 장치나 모서리의 보호용 금속, 손잡이 등이 아코디언의 겉모습을 닮아 자연스레 악기를 상상하게 된다. 재주가 좋은 사람은 이런 상자를 활용해 오르골이나 오르간을 만들 수 있을지도 모르지만 나는 그만한 도구나 시간이 없으니 그저 재미로 이런저런 상상을 할 뿐이다.

빈 상자는 비어 있다는 이유로 영감을 불러일으킨다. 상자만 그런 건 아니다. 오래전 동생이 준 멋진 검은색 양장 수첩은 시적인 가사를 쓰고 싶게 했다. 문구점에서 본 구식 베이지색 파일은 악보를 차곡차곡 정리하고 싶게 했다. 나는 거기에 병원 차트처럼 악보를 채웠다. 녹음 장비의 포장재로 딸려 온 특이한 재질의 종이도 다림질해 펴 두었다. 버리면 그만이지만 그 종이로 뭔가 만들 수 있을 것 같은 즐거움에 사로잡혔다.

어떤 영감은 무에서 시작되지 않는다. 이미 있는 것에 무언가를 채우거나 덧붙이는 방식으로 활발해진다.

편집
과정
내내
제목에
대한
고민이

편집자를
따라다닌다.

강윤정, 『문학책 만드는 법』
(유유, 2020)

제목이나 이름을 지을 때 영감이라는 말을 가장 많이 떠올린다. 작품은 긴 시간 동안 다듬거나 발전시켜서 그런지 매일 해 나가는 일의 느낌에 가깝다. 그러나 제목이나 이름을 지을 때는 반짝이는 영감을 바라게 된다.

그러나 너무 굉장한 뭔가를 생각해 내리라 기대하지는 않는다. 좋아하는 책이나 노래의 제목을 떠올려 보면 의외로 평범한 보통명사로 이루어진 것이 많다. 그런 제목에서 깊이가 느껴지는 건 작품을 함께 떠올리기 때문이다. 또 작품이 훌륭하면 이름도 무척 의미심장해 보인다. 그러니까 제목은 주어진 시간 동안 성의를 다해 결정하자 정도로 마음을 먹는다.

새로운 제목이라 생각했지만 나중에 보면 그리 새롭지 않을 때도 있다. 이런저런 연상을 이어 가며 같은 의미를 여러 단어로 변주한 경우도 많다. 내 앨범 제목이 그랬다. '음악가 자신의 노래' '한 다발의 시선' '콜라보 씨의 일일' '저장된 풍경' 등은 의미로 보면 서로 다른 앨범에도 붙일 수 있는 제목이다. 모두 음악가 자신의 노래이고, 모두 한 다발의 시선을 담았기 때문이다. 그러나 앨범은 시기에 따라 다른 제목을 갖게 되었다. 필연적인 제목인 줄 알았는데 마치 주사위 던지기로 결정된 느낌이다.

큰
웃음
내가 멀리서
쓴 터뜨리며
모든
단어들을
야유하는

050

월트 휘트먼, 『밤의 해변에서 혼자』
(황유원 옮김, 인다, 2019)

새 앨범의 커버를 그리며 재미를 느껴 동네 풍경을 몇 장 더 그렸다. 아내에게 휴대용 수채화물감을 빌려 색도 칠해 보았다. 통제되지 않는 붓과 물감이 만들어 내는 우연에 그림은 실제의 풍경과 조금씩 달라진다.

문득 세상을 그대로 재현할 수 없다는 점이 예술의 다채로움을 만들어 내는 건 아닐까 생각해 본다. 세상을 그림에 담으면 당연히 어딘가 다르다. 어떤 화가는 최대한 세계와의 격차를 메워 나가려 하지만 어떤 화가는 세계와 다른 새로운 세계를 만들어 내는 길을 택한다.

음악도 마찬가지다. 그것을 구성하는 몇 가지 음들은 자연의 소리에 비해 무척 빈약하다. 그러나 그 음으로 자연을 생생히 떠올리게 할 수도 있고, 완전히 새로운 무언가를 만들 수도 있다. 고음질의 음향기기도 여전히 실제와 조금 다르다. 그래서 여러 가지 독특한 효과와 새로운 취향이 생겨난다. 이런 차이로 여러 가지가 만들어진다는 사실이 재미있다. 그림이나 노래가 그저 세상과 똑같이 모사하는 데 그친다면 예술의 발전도 없지 않았을까?

우리는 영원히 다가갈 수 없는 관계에서 보통 비극을 떠올린다. 그러나 그런 관계에서 많은 것이 생겨난다. 언어와 수사법, 온갖 비유와 사상이.

헤프리거의
작업장처럼
편안하고
무질서를   질서
만드는   있는
데   무질서…….
정리하는   실패한
데   게
늘   아닐까?
실패한
게
아니라,

페터 빅셀, 『나는 시간이 아주 많은 어른이 되고 싶었다』
(전은경 옮김, 푸른숲, 2009)

무언가 떠올랐을 때 그것을 입력하는 절차가 너무 복잡하면 곤란하다. 이를 테면 옷을 입고 작업실로 가서 컴퓨터를 켜고, 보일러를 틀고, 악기를 꺼내 조율하고 나면 머리가 텅 비어 버린다. 그래서인지 '언제라도 기록이 가능한 환경'을 동경한다. 많은 휴대용 기기와 점점 통합되는 프로그램이 그런 로망을 자극한다. 집 전체에 언제든 녹음할 수 있는 장치를 해 둔 뮤지션, 여러 대의 모니터를 켜 두고 동시에 작업하는 작가도 보았다.

그러나 한편으로는 그렇게 모든 걸 갖춰 놓고 정작 머리가 하얘지면 어쩌나 싶기도 하다. 아니, 분명 그럴 것이다. 사람의 심리란 다 갖춰 놓으면 도리어 불편에 끌리는 법이다. 기분 전환을 위해 작업실이 조금 멀어야 한다고 주장하고, 번거로운 옛 스타일의 장비에 매력을 느끼며 그 불편을 칭송하기도 한다.

내 작은 방에는 피아노 옆으로 사들인 책이 구석구석 가득 쌓여 있다. 정작 가장 많이 쓰는 기타는 구석에서 꺼내야 겨우 세워 놓을 수 있고, 작업 중인 원고나 번역 중인 책은 책상의 잡동사니에 뒤덮여 있다. 밤마다 이 모든 걸 좀 더 효율적으로 재편해야지 마음먹지만 한밤중에 청소하기도 뭣하니 내일 치워야지 하며 하룻밤 더 어수선함을 견딘다. 그러고는 다시 낮이 되면 여러 가지 당면한 일이 몰려와 일단 급한 불부터 끈다. 최소한의 노트와 작업물, 일정표 등을 가방에 쑤셔 넣고 서둘러 나갈 때도 있다. 이동 중에 지하철에서 메모라도 하게 되면 이렇게 잠깐 집중하는 것이 내 운명이고, 완벽한 작업실에서 한껏 생산성을 높이는 건 아직 머나먼 로망인가 또 한 번 생각한다.

물건이 그것이 그것의
어떻게 어떻게 진가를
만들어지는지 작용하는지 더
배움으로써 더 잘
얻을 잘 알
수 이해하게 수
있는 됨으로써 있게
또 된다는
하나의 점이다.
가치는,

윌리엄 코퍼스웨이트, 『핸드메이드 라이프』
(이한중 옮김, 돌베개, 2004)

021

보통 작품은 생물처럼 유기적이다. 거기에서 작품을 만드는 많은 어려움이 오는 것 같다. 한 문장 한 문장 모으면 글이 되긴 하지만, 전체적으로 생동감 있는 글을 쓰는 건 다른 문제다. 음악도 박자나 화성의 규칙 같은 수학적 논리가 바탕에 있지만, 결국에는 귀로 들었을 때 감동을 줘야 하는 어려움이 있다. 그래서 가끔은 작품을 만드는 기술이란 게 진짜 있긴 있나 싶어진다. 마법이나 연금술이 필요한 것 아닌가? 그러나 가만 보면 기술이 없는 것도 아니다. 기술이 있으니 어느 정도 서로 가르치고 배우는 것이다.

나는 그중 대부분이 감정을 다루는 기술이라고 생각한다. 좀 더 산뜻한 느낌을 내는 기술, 긴장감을 부여하는 기술, 어떤 정경이 그려지게 하는 기술 등등. 공식처럼 딱 떨어지지 않아서 그렇지 이런 기술에는 미묘한 매력이 있다. 글이든 음악이든 물렁물렁하고 형체도 없는 것을 다루는 듯하지만 잘만 다루면 어느 정도 예측한 대로 구현할 수 있기 때문이다(물론 나는 아직도 그 예측을 잘 못해 헤매곤 하지만). 연체동물 같은 유기체를 흉내낸 로봇도 있는데, 어느 정도 비슷한 느낌 아닐까.

그래서인지 나는 학교에서 체계적으로 배운 적도 없는 예술가들이 작업 현장에서 예리한 판단을 내리는 걸 보면 문득 궁금해진다. 언제 어디서 저런 기술을 배웠지? 그것도 혼자서? 물론 예술가는 오랜 시간 직접 만들고 체험하며 배운다. 어떻게 작업하면 어느 정도의 결과가 나오는지 나름의 감을 쌓아 간다. 그걸 생각하면 작품들이 새삼 대단해 보인다. 많은 이에게 풍성한 감정을 전해 주었던 예술 작품은 얼마나 쉽지 않은 작업이었는지 감탄하게 된다.

그리하면
공백
부분이
많이
생겨날   그
것이다.   공백에도
              의미가
              있다.

022

다치바나 다카시, 『지식의 단련법』
(박성관 옮김, 청어람미디어, 2009)

이 문장은 얼핏 비유적으로 보이지만 논픽션의 대가 다치바나 다카시가 연표를 만들 때 주의할 점을 설명한 문장이다. 특별한 일이 없었던 해라도 꼭 같은 간격을 할애해 빈 곳은 빈 대로 두라고 저자는 말한다. 그 공백이 대강 비슷한 시기인 줄 알았던 사건 사이의 간격을 보여 주기도 하고, 사이에 감춰진 다른 사건의 단서가 되기도 한다는 것이다.

연표 그리기는 꽤 재미있어 나도 경력이나 작업 목록을 정리할 때 만들어 보곤 한다. 만들고 나면 유난히 일이 몰린 해도 있고 왜 이렇게 비어 있나 싶은 해도 있다. 이런 식의 연표는 음악을 시각화한 악보와도 비슷한 면이 있다. 일정한 박자로 나뉘지만 어느 부분은 음표가 빼곡하고 어느 부분은 몇 마디씩 텅 비어 있다. 그러나 텅 빈 곳과 빼곡한 부분이 합쳐져 리듬이 생겨난다.

이 리듬은 여러 곡을 담아 작품집을 구성할 때에도 고민하는 부분이다. 작가가 목차를 조정하며 책의 흐름에 골몰하는 것처럼 음악가는 앨범을 만들 때 곡 순서를 이리저리 바꾸어 본다. 배치에 따라 강약이 바뀌고 전체적인 느낌이 달라진다. 한 부분을 과감히 빼 버릴 때 리듬이 살아나기도 한다.

「꿈의 가로수길」이라는 곡을 쓸 때에도 '배치 문제'로 오랜 시간을 고민했다. 노래의 형식은 어느 정도 정해졌는데 담으려는 이야기가 너무 많았다. 그런데 어느 순간 이야기 중간중간에 여백을 둬도 나름의 효과가 있다는 걸 깨달았다. 그 노래에서 각 소절의 끝부분은 가사가 생략된 채 연주로 이어진다. 관객은 상상을 하게 되고, 나 역시 그 부분을 연주할 때면 객석 어딘가의 허공을 본다.

꼼꼼하게
깎아서
주디스는   날카롭게
모든   해
연필을   둔다.
직접
손으로

조안나 캐리, 『주디스 커』
(이순영 옮김, 북극곰, 2020)

번역을 하며 모르겠는 부분이 생기면 긴장된다. '마지막까지 결국 모르면 어쩌지' 하는 불안감이 커진다.

경험상 이럴 때 가장 좋은 방법은 나머지 일을 최대한 해결해 두는 것이다. 사실관계를 확인할 시간이 없어 보류해 둔 부분, 표기와 관련한 문제 등을 말이다. 그러다 보면 마침내 목록에는 끝까지 불확실한 몇 개만 남는다. 이 시점에 얻는 장점이 있다면 그것만 집중해 생각할 수 있다는 것이다. 아리송한 문장만 수없이 읽을 수도 있고, 잠들기 전까지 머릿속에서 굴려 볼 수도 있다. 다른 자잘한 해결 과제가 남아 있으면 이런 몰입은 할 수 없다.

영감도 마찬가지다. 영감이 떠올라 일이 일사천리로 풀리는 경우도 있지만, 가사나 편곡이 잘 풀리지 않을 때면 결국에는 풀리겠지 하는 마음으로 나머지 부분을 먼저 진행하는 것이 나중에 큰 도움이 된다. 지금까지의 경험으로 볼 때 '끝까지 불확실했던 것'도 결국에는 해결되었다. 더구나 마감이 가까워 오면 집중력이 높아져 대부분 해결하게 된다.

이처럼 할 수 있는 것부터 해 둘 때면 꼭 청소하는 기분이 든다. 어떻게 손님을 맞아야 할지 몰라 멍하니 있기보다 일단 청소부터 해 두는 것이다. 그러면 손님이 오기 직전에 청소까지 신경 쓰느라 허둥대지 않을 수 있다.

나는   다른
한   일을
번에   하다가
쓸   다시
수   와서
있는   보태는
만큼만   방식으로
쓰고,

         야금야금
         쓴다.

강원국, 『나는 말하듯이 쓴다』
(위즈덤하우스, 2020)

024

생각이 잘 떠오르지 않을 때 쓰는 방법이 있다. 첫 번째는 가능한 선택지가 얼마나 되는지 헤아려 보는 것이다. 이 방법은 『주거 인테리어 해부도감』이라는 책에서 배웠다. 책에서는 출입문의 여닫는 방법을 모두 소개하고 고를 수 있게 한다. 그럼 생각보다 가짓수가 많지 않다는 걸 알게 된다. 참신한 아이디어는 이런 경우의 수를 무너뜨리며 튀어나오겠지만 막연함에서 출발할 때는 이 방법도 괜찮다.

두 번째는 규모를 줄여 보는 것이다. 오래전 지인의 워크숍을 도와주었는데 수강생이 아이디어를 적도록 A4 용지를 나눠 줄 때 꼭 4등분을 했다. 심리적으로 더 만만한 크기로 줄이는 거라고 했다. 일리가 있었다. 물론 시원시원하게 큰 종이에 쓰는 맛도 있다. 그러나 보통은 작은 종이에 쓰는 게 덜 부담스럽다.

세 번째는 딱히 유일하고 특별한 일이 아니라고 암시하는 것이다. 결정판을 만들어야 한다는 압박감은 일을 그르치게 만든다. 그래서 이번 작업이 많은 일 가운데 하나일 뿐이라고, 어느 정도 우연에 맡길 수밖에 없다고 여긴다. 안 되면 다음에 하면 된다고 생각한다. 물론 쉽지 않지만 그러려고 애쓴다.

마지막은 거꾸로도 생각해 보는 것이다. 내가 다른 작품을 볼 때는 어땠나. 그렇게 모든 의도를 세세히 보았나? 한 작품에 모든 장점이 모여 있기를 바랐나? 장점 하나만으로도 충분히 괜찮지 않았나?

녹음처럼 초조한 작업에서는 항상 해 오던 일인 듯 스스로 최면을 건다. 예를 들어 내가 원하는 건 자연스러움인데 긴장하면 정반대의 행동을 하게 된다. 이럴 때일수록 항상 흥얼대던 노래인 듯 생각하려고 한다. 매일매일 녹음이 있고 오늘도 그중 하루인 것처럼.

오늘도　　　　　　　　　　　　책
나는　　　　　　　　　　　　　한
풀칠을　　　　　　　　　　　　권의
한다.　　　　　　　　　　　　　윤곽이
한　　　　　펼쳐　　　　　　　머릿속에
장　　　　　풀칠하며　　　　　그려지는
한　　　　　다음　　　　　　　것이
장　　　　　면으로　　　　　　좋다.
　　　　　　넘어가는
　　　　　　동안

〇25

정민, 『책벌레와 메모광』
(문학동네, 2015)

어릴 적부터 만들기를 좋아했다. 빈 상자를 버리지 못하고 가위로 잘라 꼭 무언가를 만들곤 했다. 조립식 장난감도 좋아하고 과학상자도 좋아했다. 그러나 십 대가 되고 입시 전쟁을 거치며 그런 일은 '쓸데없는 딴짓'이 되어 버렸다. 심야 라디오방송을 녹음한 테이프에 정성껏 라벨을 써 붙이면서도 항상 길티 플레저를 느끼곤 했다.

나는 요즘도 손으로 악보를 그리거나 메모를 하는데, 효율보다는 좋아서 하는 이유가 크다. 만드는 느낌이 나기 때문이다. 그러나 정말 효율적일 때도 있다. 내가 좋아하는 방식으로 일하면 일단 과정이 즐겁고, 추상적으로 느껴지기 쉬운 작곡이나 글쓰기에 구체적인 감각을 더해 준다. 추가된 멜로디를 악보에 써 두었다 가위로 오려 기존 악보에 붙이기, 메모지에 각 장의 제목을 써서 창문에 이리저리 붙여 가며 책을 상상해 보기. 모두 20세기 전반에 걸쳐 창작자들이 당연하게 여겼던 방식이다.

이제 음악은 프로그램 안의 파형으로, 글은 USB 폴더에 담긴 아이콘으로 익숙해졌다. 그것은 깔끔하지만 어릴 적 만들기 취향과 비교하면 따분한 풍경이다. 영화에 관심이 많았던 이십 대 초반에 아날로그 필름 편집 수업을 들은 적이 있다. 가장 신기했던 것은 필름을 정말 커터로 잘라 테이프로 이어 붙인다는 사실이었다. 그런 수작업으로 영상이 만들어진다는 게 너무 신기하고 매력적이었다. 그러니까 예전의 영화는 만드는 이에게 2기가 분량의 동영상과는 다른 것이었으리라.

아날로그 감성까지 구현하는 시대다 보니 '손맛'이라는 것도 애물단지가 된 느낌이다. 그러나 나는 여전히 많은 작업을 '오려 붙이기의 언어'로 상상해 보며 의욕을 얻는다.

적의
박자를
살핀   상대가
후   예상치
             못한
             박자로써
             치고……

미야모토 무사시, 『미야모토 무사시의 오륜서』
(안수경 옮김, 사과나무, 2016)

좋아하는 일이 직업이 되는 것은 물론 좋은 일이다. 모든 일에는 고충이 따르지만 그래도 좋아하는 일이면 한결 나을 테니까. 그러나 좋아하는 일을 시간에 맞춰 성실히 타인도 신경 쓰면서 해야 한다는 문제가 있다. 게다가 그 일을 계속하려면 항상 섞여 있기 마련인 싫어하는 일도 해야 한다.

작업하러 가다가 슬쩍 다른 길로 새며 생각한다. 그리도 좋아했던 일을 난 왜 이리도 외면하고 있지? 그건 직업이 된 뒤로 의무가 적잖이 섞여 버렸기 때문이다. 더 이상 '하고 싶으면 하고, 아니면 그만'인 일이 아니다.

더구나 내 일은 스스로 조절할 수 있는 약간의 여유가 있다. 그래서 더더욱 옆으로 새기 좋다. 회의 약속 같은 건 철저히 지키지만 나와의 약속은 슬쩍 어겨 버린다. 때로는 일이 잘될 것 같은 기분인데도 작업실로 직행하지 못한다. '너무 삭막하게 일만 하며 사는 것 아냐?'라는 엉뚱한 생각이 마음을 파고든다.

프리랜서의 생활은 어린이처럼 다 잊고 놀다가 간간이 의무를 다하는 식이 아니다. 생활 전반에 미적지근한 의무를 펼쳐 놓고 놀 때도 은근히 눈치를 보며 논다. 오늘도 며칠 동안 이 의무(마감) 주변을 떠돌다 마음을 단단히 먹고 작업실로 걸어간다. 나는 여러 번 이 결투 직전에 달아났다. 그러나 오늘은 다르다. 내 쪽의 결투는 이미 시작되었다. 나는 작업실에 도착하기도 전에 구상을 시작해 문이 열리자마자 작업의 칼을 휘두를 것이다. 그렇게 혼란스러워하는 상대를 해치울 것이다.

"나는 깔끔한 것을 좋아하고 접시 등의 물건들이 지저분한 것을 좋아하지 않지만 무질서한 분위기는 좋아합니다."
—프랜시스 베이컨

027

데이비드 실베스터, 『나는 왜 정육점의 고기가 아닌가?』
(주은정 옮김, 디자인하우스, 2015)

요즘 조금씩 시간을 내어 집을 정리하고 있다. 얼마 전 손님이 와서 급하게 한번 치웠는데, 그걸 계기로 습관을 바꿔 보기로 했다.

왜 이리 물건이 늘까 생각하니 기본적으로 무엇이든 가치가 있다고 여기는 버릇 때문인 것 같다. 내 방에는 어디서 들고 온 홍보물, 예쁜 포장지, 읽지 않은 책이 여기저기 가득하다. 심지어 지난 일정표도 꽤 가지고 있다. 이것저것 잔뜩 벌여 놓아야 가끔 뭐라도 건진다는 게 내 지론이었다.

그러나 집중이 필요할 때는 솔직히 방해가 된다. 작품에는 깨알 같은 부분 외에 시원시원한 부분이 필요할 때가 있다. 구체적이되 전체적인 초점이 명확해야 할 때. 그럴 때 너무 분산된 관심은 시야를 흐린다.

나는 주머니에서 꺼내 놓은 물건과 기타, 여행 가방 하나만 있던 지방 숙소에서 적을 수 있었던 것을 생각한다. 그때의 설레던 기분도 떠올려 본다. 지금 내 방은 그런 기분과는 거리가 멀다. 할 일만 가득할 뿐 쉬거나 멍 때리기에는 좋지 않다.

그래서 나는 조금씩 짐을 줄여 나가고 있다. 책을 모아들이기보다 천천히 읽는 시간, 음악만 틀어 놓아도 종일 좋았던 시간을 되찾으려고 한다.

비워야 채워진다는 말은 너무나 잘 안다. 그러나 좁은 공간으로 밀려드는 수많은 정보에 현혹될 수밖에 없는 도시인에게 그건 쉽지 않다. 비우면 그대로 비어 버릴 것 같은 불안이 든다. 그럴 때마다 다 비울 생각은 아니라고, 좋아하는 건 남겨 놓을 거라고 마음을 달래며 조금씩 방을 치워 본다.

하고　　　　　그게
싶은　　　　　무슨
대로　　　　　뜻이겠어요?
하라니,

장자크 상페, 『뉴욕의 상페』
(허지은 옮김, 미메시스, 2012)

028

종종 내 책을 들추어 보던 이들이 어떻게 이런 책을 쓰게 되었냐고 묻는다. 너무 의지 없어 보일까 봐 망설이다 솔직히 답한다. "편집자가 제안했어요."

그러나 그런 제안이 내 의지에 불을 붙인 건 사실이다. 책이라는 두툼한 출판물은 즉석에서 만들 수 있는 게 아니다. 더구나 나는 평소 음악을 한다. 멍하니 있다가 '올 가을엔 책 한 권 써 볼까?' 하고 쓰게 되는 경우는 결코 없다. 게다가 내 의미나 이상을 구현하려고 책을 쓰는 것도 아니다. 그럼에도 책이나 음반이 내게 어떤 의미냐는 질문을 자주 받는다. 어렵다. 모두들 자기 일의 의미를 그렇게 잘 정리해 가며 사나?

나는 잠시 의미를 생각하다 즉석에서 대답한다. 주로 비유로. 그중 나름 솔직했다고 생각하는 답은 '재치 있게 대답하고 싶은 퀴즈'다.

'퀴즈'라고 말한 건 편집자가 제안하기 전까지는 그런 책을 쓸 생각을 전혀 안 해 봤기 때문이다. 그러나 제안을 받았을 때 내 안에서 그걸 '재치 있게' 풀고 싶은 욕구가 일기 시작한다. 퀴즈를 풀어 보겠다고 하면 얼마 뒤 편집자가 계약서를 가져온다. 서명을 하고 나면 째깍째깍 시간은 흐르고, 뭐라도 답을 해야 하는데 창작자로서의 자존심이 '재치도 있어야 한다'는 강박을 불러온다. 이 풀이 과정은 난감하고 다소 고되지만 창작의 원동력이기도 하다.

책과 음반을 만들어 온 시간은 내게 창의적인 시간이기도 했지만 끙끙대며 퀴즈를 풀어 온 시간이기도 했다. 호기심 많은 이가 퀴즈를 모른 척하기란 쉽지 않다.

청탁을
받고
썼든
본인이
<u>쓰고</u>
싶어   그는
썼든,   글
            하나하나에
            자기가
            가진
            걸
            쏟아부었고……
            ─케이 엘드리지
            설터

제임스 설터, 『쓰지 않으면 사라지는 것들』
(최민우 옮김, 마음산책, 2020)

나이가 들수록 할 이야기가 줄어든다는 주변의 창작자와 대화를 나눈 적이 있다. 많은 것이 이해되어 마음이 한결 편해지는 만큼 할 이야기는 줄어 걱정이라는 것이었다.

이야기를 듣다 보니 나 자신을 돌아보게 되었다. 나름 스토리텔링이 강한 송라이터로 두툼한 노래집을 쓰겠다고 선언하며 야심차게 출발했지만 몇 해 전부터 텅 빈 기분을 느낄 때가 많았다. 사회 분위기 탓이려니 생각했다. 한마디 얹기보다 잠자코 있는 게 나은 우울한 일도 많아졌고, 뭔가 기발한 이야기를 했다고 칭찬받을 분위기도 아닌 듯했다. 그럼에도 이것저것 꾸역꾸역 발표해 왔다. 그 일들은 대체 어떻게 해 온 거지? 맞다. 기획자의 제안이 있었다. 그들은 음악으로, 책으로 그 제안에 답할 수 있는지 간간이 물었고, 나는 꾸역꾸역 대답을 해 왔던 것이다.

어떤 면에서는 행운이었다고 생각한다. 지망생 시절의 어려움 중 하나는 제안이 없다는 것이다. 아무도 질문을 안 하니 혼자 질문을 던지고 답해 나가야 한다. 게다가 그것이 중요한 일이라고 스스로를 다독여야 한다. 하지만 발표한 작품이 쌓이면 차츰 질문을 받게 된다. 컴필레이션음반 참여, 각종 공연, 출판 제안이 이어진다.

나는 그런 일을 사이드 작업이라 생각하며 꾸역꾸역 해 왔다. 그러나 지금 보니 텅 빌 뻔했던 순간을 건너오게 해 준 일이기도 했다. 아무 제안이 없었다면 내가 계속 무언가를 발표했을까? 아무래도 덜 발표했을 것이고, 이렇게 조용히 지내도 되나 내심 불안했을 것이다.

그래서 로봇을 완전히
저희도 쓰는 무작위로.
이름을 거고요.
짓는
데

이치은, 『로봇의 결함 1』
(픽션들, 2020)

작업이 굉장히 왕성한 사람을 상상한다. 슈베르트처럼 인간으로서 어떻게 그처럼 많은 작업을 했나 싶은 사람. 사람들이 그에게 비결을 묻는다.

그는 오랜 기간 작업해 보니 어차피 선택은 열려 있고 뭐든 하면 된다는 생각에 이르렀다고 말한다. 물론 컨디션의 변화도 있고 막히는 순간도 있지만 언제부터인가 리듬을 타게 되었다고, 모든 것이 리듬에 따라 유유히 이어지는 상태에 이르렀다고 말한다. 그는 작품 한 편에 드는 시간은 사실 그리 길지 않다고, 착수하고 수정하고 판단을 망설이는 시간 혹은 심리적 장벽과 싸우는 시간이 많아서 그렇게 보일 뿐이라고, 그 모든 것이 막힘없는 리듬을 타자 많은 양의 작업을 할 수 있게 되었다고 말한다.

이쯤에서 현실의 나를 돌아본다. 수시로 리듬이 끊기는 사람을. 누군가 내게 작업을 의뢰하며 묻는다. "얼마쯤 걸릴까요?" 나는 경험에 비추어 대강의 시간을 얘기한다. 그러나 마음 한쪽에 불안이 스민다. 난데없는 장벽이 나타나 작업을 방해해 기한을 맞추지 못할 것 같다. 막상 시작해 보면 생각보다 훨씬 많은 시간이 필요한 일일지도 모른다. 그러나 지금껏 대부분의 일이 이런 조바심 속에서도 비교적 무사히 엇비슷한 시간에 마무리되었다. 가사가 써지지 않아 골머리를 앓던 곡도 녹음일엔 결국 완성해 불렀고, 절반도 못 쓸 것 같던 칼럼도 대부분 송고했다.

문제는 요동치는 마음이다. 긍정적으로 시작해 부정적인 생각으로 넘어가고, 아슬아슬한 순간을 겨우 넘기고 안도한다. 모든 과정이 산뜻하고 일사천리인 경우는 왜 그리 드문 걸까.

나는 밀린 일을 앞에 두고 이런 사람을 상상해 본다. 자연스레 손에 잡히는 순서로 시작해 리듬에 맞춰 결과물을 착착 세상에 내놓는 사람을.

지뢰는   나머지
바로   하루는
나   흩어진
자신이다.   조각들을
폭발이   다시
일고   끼워
나면,   맞추는
          데
          보낸다.
          —레이 브래드버리

바버라 애버크롬비, 『작가의 시작』
(박아람 옮김, 책읽는수요일, 2016)

작업이 잘 안 될 때면 감정이 요동치기 시작한다. 오기가 생겨 한참을 더 매달리다 결국 오늘은 아닌가 보다 싶은 마음에 기진맥진해진다. 초라하게 걸어가며 이래서 뭘 할 수 있겠나 싶은 생각까지 한다. 문득 그런 생각을 하는 스스로가 우습기까지 하다. 이제 경험도 쌓였으니 나아질 법도 한데 매번 이런 과정을 거친다. 그러고선 다음 날 뭐 하나라도 풀리면 곧바로 으쓱해지리라는 걸 안다. 그저 이 감정의 변덕에서 헤어 나오지 못할 뿐이다.

다른 일에는 감정의 낙폭이 크지 않은데, 작업에 대해서만은 유독 그렇다. 아무래도 작업은 내밀한 자아 혹은 스스로의 가능성을 마주하는 일이라 그런 것 같다. 아직 음반을 내지 못했던 시절에는 오랫동안 혼자 녹음한 데모를 들으며 돌아다녔다. 버스에서, 도심에서, 자연 속에서, 잠자리에서도 들었다. 똑같은 곡이 어떤 날은 근사하게 들리고 어떤 날은 끔찍하게 들렸다. 그래서 아쉬운 부분을 수정하면 이번엔 괜찮았던 부분이 어색하게 들렸다.

음반을 내고 나서도 크게 달라진 것은 없다. 다만 예전만큼 작업하며 자주 들어 보진 않는다. 감정의 주파수를 더 띄엄띄엄 확인한달까. 원고를 서랍에 넣어 두고 잊으면 알아서 숙성된다는 말이 있듯 음악도 계속 변한다. 큰 줄 알았던 소리가 생각보다 작았다는 걸 알게 되고, 매력적이었던 것이 조금 과했음이 드러난다.

사람들이 어딘가에서 틀어 둔 자기 음반을 들으면 어떠냐고 묻는다. 예전만큼 얼굴이 화끈거리거나 마냥 자랑스럽지는 않다. 어느 정도 리스너의 관점으로 듣기 때문이다. 그리고 녹음한 곡임에도 듣는 장소와 기분에 따라, 그동안 변해 온 내 시각에 따라 매번 다르게 들린다. 결국 완성된 작품이란 어느 시점의 모습인 셈이다. 계속 변하는 과정의 어느 순간에 찍은 스냅숏처럼.

완성하지 못할까 봐 안절부절못하는 이 마음도 끝없는 과정의 일부임을 언제쯤 받아들이게 될까.

이 책은 좀 별난 구석이 있습니다. 내가 우연히 만난 '보통사람' 다섯 명의 생활사를 듣고, 거의 편집도 하지 않고 해석도 하지 않은 채 이야기해 준 것을 그대로 받아 적었을 뿐입니다.

기시 마사히코, 『거리의 인생』
(김경원 옮김, 위즈덤하우스, 2018)

032

예술의 매력은 새로운 걸 창작하는 데에도 있지만 무언가를 쉽게 전달하는 데에도 있다. 노래와 이야기로 만들면 쉽게 이해되고 구전가요처럼 오래 전해질 수도 있다.

「음악가의 밥」이라는 노래를 쓸 때 나는 한창 '음악가의 수익 구조'에 궁금증을 갖고 있었다. 마침 나카자와 신이치가 쓴 '카이에 소바주' 시리즈를 읽었는데, 원시 경제의 원리가 어떠했고 어떻게 오늘날의 자본주의가 나왔는지 설명되어 있었다. 나는 틈날 때마다 지인들과 그 이야기를 공유했고, 결국 노래까지 만들어 전하게 되었다. 이 노래에는 땅을 빼앗긴 사람들의 이야기와 음악의 역할에 대한 이야기가 겹쳐져 있다. 책을 읽고 나름대로 구성한 이야기지만, 사람들이 노래를 통해 복잡한 주제에 좀 더 다가갈 수 있었으면 했다.

「해녀와 바다」라는 곡을 쓸 때도 그랬다. 해녀와 관련된 컴필레이션음반 참여 제안을 받았을 때 망설였던 가장 큰 이유는 체험이 없다는 것이었다. 해녀의 삶을 체험한 창작자가 얼마나 되겠느냐만 나는 해녀와 대화를 나눠 본 적도 없었다. 그렇다고 상상으로 그 고된 삶을 노래하고 싶지는 않았다. 결국 내가 택한 것은 전달이었다. 이야기의 전달.

기획에 참여했던 해녀박물관에 구술 자료집이 있다기에 그걸 노래로 정리해 보겠다고 했다. 그래서 열심히 읽고는 그중 몇 분의 생애를 엮어 가사로 썼다. 두툼한 구술 자료집을 노래로 옮기면 더 쉽게 전해질 거라 생각했기 때문이다.

흔히 싱어송라이터를 음유시인에 비유한다. 오래전 음유시인의 가장 큰 역할은 이야기를 전하는 것이었다. 그들은 이야기를 짓는 자이기 이전에 전해져 오는 이야기의 맛깔스러운 변주자이기도 했다. 새로운 이야기만큼이나 새롭게 들려주는 이야기의 힘도 크다.

위대한
작품을
만들어
내는
것과
작가,				아무런
음악가,			상관이
영화제작자,		없다.
사업가라고
스스로를
칭하는
일은

라이언 홀리데이, 『창작의 블랙홀을 건너는 크리에이터를 위한 안내서』
(유정식 옮김, 흐름출판, 2019)

전철에서 '크리에이터'에 대한 기사를 읽다가 창작의 의미가 이미 넓어진 지 오래구나 생각했다. 모두가 너도나도 크리에이터라고 외치고 있는 느낌이었다.

고전적 의미의 창작을 해서인지 '크리에이터'와 동질감이 별로 느껴지지 않는다. 사람들이 말하는 '창의적·창조적'이 어떤 의미일까 한번 생각해 보았다. 기발한 것? 혼자 힘으로 만들어 낸 것? 아니면 뭐든 자신이 만든 것?

요즘 크리에이터 문화를 보면 긴밀하고 실시간적인 소통이 중심에 있는 것 같다. 또 조회수와 수익을 얘기하는 데 거리낌이 없다. 굳이 고전적인 장르와 비교하자면 영상 연출과 연기에 가까운 일이 많은 것 같다.

나는 내가 낸 음반이나 책을 직접 유튜브로 소개한 적이 없다. 또 무대에 서기는 하지만 나를 어필하는 것을 쑥스러워한다. 또 '좋아요'를 눌러 달라고 말해 본 적도 거의 없다. 앨범이나 책이 나오면 내게 익숙한 방식으로 홍보를 하긴 하지만 전 세계에서 몇백만이 보게 하겠다는 그런 과한 목표도 없다.

그래서 왜 유튜브를 적극적으로 활용하지 않느냐는 질문을 받으면 어리둥절하다. "자기 콘텐츠가 있잖아요. 아깝지 않아요?" 글쎄, 나는 지금도 그건 선택의 문제라고 생각하는 것 같다. 내게 익숙하고 편한 방식을 따르는 거라고.

나는 전철에서 크리에이터의 범위가 뭘까 혼자 생각해 본다. 그러나 내가 생각하는 '창조성'이나 '영감'의 정의가 뭐든, 세상은 오늘도 계속 새롭게 정의해 나가는 것 같다.

프랑수아의
엄마,
아빠는   바바빠빠의
꽃밭에다   몸집에
                꼭
                맞는
                집을
                지어
                주었지요.

034

아네트 티종·탈루스 테일러, 『바바빠빠』
(이용분 옮김, 시공사, 1994)

정신분석 공부 모임을 하던 시절에 했던 생각. 창작자 각자에게는 보이지 않는 도형 같은 것이 있을지 모른다. 삼차원의 투명한 도형이. 겉으로는 소재나 창작 동기 등등으로 작품을 설명하지만 엄밀히 말해 그것은 그의 개성이 아니다. 오로지 그 뒤에 숨은 투명 도형이 개성이고, 그런 설명은 겉면을 덮고 있는 포장일 뿐이다.

가령 나는 노래를 쓸 때 항상 창밖을 본다고 상상한다. 기타를 안고 흥얼대는데 바깥이 조금 내다보이거나 좀 더 먼 풍경이 보이는 상상. 딱히 집의 구조가 그런 것도 아닌데 그렇게 상상하는 버릇이 들었다. 나는 그게 내가 지닌 도형이라는 걸 알게 되었다.

어디에 있든 나는 그런 느낌으로 노래를 만들어 왔다. 시기에 따라 여러 소재를 노래에 담았지만 노래의 시선, 시선의 구조는 좋아하는 촬영 각도처럼 크게 달라지지 않았다. 특히 2집 앨범을 만들 때는 4층에 살았었는데, 창밖으로 건너편 언덕의 아파트도 보이고 조금 먼 주택가도, 산도 보이는 곳이었다. 앨범 주제와 별도로 나는 그 집의 위치를 한껏 살려 보려고 했다. 재킷디자이너가 무언가를 찍어 오라면 옥상에서 내려다본 도시 풍경을 가져갔고, 곡에 도시를 내려다보는 느낌을 불어넣으려고도 시도했다. 작업하러 카페에 가면 2층 창가에 자리를 잡았다.

그때는 그게 그 시기의 취향이라고 생각했다. 그러나 다음 앨범에서도 비슷한 시선을 유지하려 한다는 걸, 그게 내 도형이라는 걸 알았다. 그건 안정감일까 굴레일까?

어떤 이의 노래는 마음 깊은 곳에 웅크리고 있고, 어떤 이의 노래는 코앞 몇 센티 위에 떠 있다. 또 어떤 이의 노래는 강을 따라 흘러온다. 그 세 사람에게 같은 주제를 준다 해도 노래는 다를 수밖에 없다. 각자 다른 도형을 지녔으니까.

언젠가
나는
세
살짜리
여자아이가

잠결에
하는
말을
듣고
웃은
적이
있다.

"엄마,
내
뒷다리
좀
덮어
줘!"

코르네이 추콥스키, 『두 살에서 다섯 살까지』
(홍한별 옮김, 양철북, 2006)

어린이에게 생일 카드에 한마디 쓰고 그림도 그려 달라고 했을 때 그냥 쓱 해서 주는 걸 보면 신기하다. 평가나 뒷일을 생각하지 않기에 가능한 일이리라.

어른은 생각이 많다. 공연이 끝난 뒤 여러 공연자가 함께 사인회를 할 때가 있다. 사인이야 어렵지 않지만, 앞의 누군가가 이름 외에 재치 있는 문구를 적기 시작하면 펜을 든 채 정체현상이 시작된다. 나도 뭔가 멋지고 재치 있는 문구를 적어야 할 것 같고, '감사합니다, 행복하세요'로는 안 될 것 같은 압박감. 그럴 때 또 누군가가 다시 '감사합니다'로 분위기를 돌려놓으면 사인 작업은 다시 빨라진다.

빈 종이에 뭐든 마음껏 표현해 보라는 강사의 말을 들은 수강생의 기분이 이렇지 않을까. 솔직히 마음껏 할 수가 없다. 누군가 기다리고 있고(사인을 기다리는 줄보다는 짧겠지만), 전혀 자발적인 상태가 아니고, 그런데도 재치 있고 싶다 보니 이 모든 게 순수한 '재치'를 막아 버린다.

나는 이 딜레마를 리듬과 속도로 돌파했던 비트 세대 작가들의 작법에 한동안 심취했다. 그들은 즉흥적으로 빠르게 글을 썼고, 근사함은 잘 고른 멋스러운 단어가 아니라 좋은 리듬에 얹은 일상어에서 나온다고 믿었다.

나도 그렇게 해 보았다. 노래의 첫머리를 바로 제목으로 삼았고, 누군가 제목을 지어 보라고 하면 처음 떠오른 몇 가지를 대범하게 제시했다. 그중 하나가 '새해의 포크'라는 콘서트 제목이다. 10년째 참여하고 있는 이 콘서트의 제목을 지으며 나는 곧 다가올 '새해'와 '포크'만 생각했다. 한 가지 부끄러운 비밀은 그때 내가 제안한 또 하나의 후보다. 그 B안은 바로 '포크의 새해' 였다.

남의
글처럼
내
글이
쉬웠으면,
하는
생각을
가끔
한다.

이태준, 『무서록』
(범우사, 2003)

세상에는 어떻게 이런 걸 썼을까 싶은 대작이 있다. 반면 내가 만들어 온 것은 조금 노력하면 누구나 할 만한 것들이었다고 생각한다. A4 몇 장 분량의 글, 3분 남짓의 노래, 열 곡에서 열두 곡 정도가 담긴 앨범. 그런데 뭐가 그리 힘들었던 거지? 대부분 아주 지난한 시간이 걸렸다.

요즘도 긴 시간을 끌었던 일이 막판에 속도가 나기 시작하면 생각한다. 차라리 좀 쉬면서 다른 걸 하다가 막판에 몰아서 바짝 할 걸 그랬나? 그러나 몰아서 쓴 것과 오래 뭉갰던 것 사이에 차이가 있기는 있다. 날렵함과 묵직함의 차이랄까.

내 작업은 양쪽이 섞인 경우가 많다. 오래 시간을 끌다 막판에 비교적 빠르게 완성한다. 왜 그렇게 긴 시간을 끌었나 싶을 때 나는 그것이 일종의 사전 작업이었다고, 예열을 위해 일찍 걸어두어야 하는 시동 같은 것이었다고 다독인다.

언젠가 내 작업 패턴을 잘 예상할 수 있게 되었으면 좋겠다. "보통 이 정도 작업이면 다음 주 몇 시간이면 충분해요." 이런 식으로. 그러면 한참을 헤매거나 뭉개더라도 '원래 이 단계에서는 그래' 하고 스트레스를 덜 받을지 모른다.

몇 년 전 나는 이제 작업을 좀 쉽게 할 수 있을 것 같다는 착각에 빠졌다. 경험이 쌓였다고 생각한 것이다. 그러나 결국 작업은 나를 처음으로 돌려보냈다. 언뜻 괜찮아 보였지만 작업이 내게 말했다. '충분히 헤매고 오지 않았지? 어서 더 헤매고 와.' 그래서 다시 헤매고 와서는 결과적으로 비슷한 시간이 필요했다는 것을 깨달았다.

무수히 헤매다 어느 날 저녁 완성하기. 이것이 현재 내가 스스로의 작업 패턴에 대해 약간 알게 된 바다.

독자가 21쪽에서 필요할
37쪽이나 설명한 때마다
102쪽의 과정을 설명을
요리를 기억한다는 매번
시도할 보장이 반복해야
때 없기 하니
때문에 말이다.

037

다이애나 애실, 『되살리기의 예술』
(이은선 옮김, 아를, 2021)

여유가 있을 때 색다른 요리를 해 보는 걸 좋아한다. 그러나 내 요리는 손맛과는 거리가 멀다. 레시피를 잘 따르는 정도이기 때문이다.

나는 어릴 적부터 설명서를 보고 완성해 가는 걸 좋아했다. 레시피도 일종의 설명서지만 거기에는 묘한 특성이 있다. 외형상 모든 걸 알려 주지만 항상 조금씩 생략된 부분이나 응용의 여지가 있다는 것. 그래서 나는 레시피를 봐도 요리가 어렵다는 사람들을 이해한다. 그들에게는 사소한 과정이 필수적으로 보이고 '약간' 같은 애매한 표현이 두렵게 느껴질 것이다. 반복되는 기본 과정도 매번 다르게 보이고 말이다.

한편 레시피 같은 건 무용하다고 생각하는 사람들도 있다. 이들은 모든 과정이 필수적인 건 아니라고, 자유롭게 하면 될 것을 레시피가 필수적인 과정처럼 설명한다고 말한다. 그러나 레시피에 너무 얽매이지만 않는다면 거기에서 배울 점도 많다. 여러 가지 경험과 다양한 취향을 담고 있기 때문이다. 나름의 '비법'을 알려 주는 레시피의 경우 사소해 보이는 과정에서도 뭔가를 추가하거나 순서를 바꾼다. 한 번 볶을 걸 두 번에 나누어 볶으라든지 볶는 순서를 바꾸라고 한다. 인간은 이런 사소한 구석에서도 새로운 방법을 궁리하는구나 싶다.

요리를 최고의 예술로 치는 이들이 있다. 다채로운 재료로 마술적인 결과물을 내놓기 때문일 수도 있겠지만 그 속에서 무한히 새로운 차이를 만들어 낼 수 있기 때문이 아닐까?

나는 종종 흥미로 요리책을 산다. 그걸 다 따라 할 생각은 없다. 그저 이 무수한 차이를 만들고 공유하려는 시도 자체가 매력적이다.

그는　　　　　시를　　　　　걸어가면서,
깊은　　　　　창조하는　　　노래하면서,
밤에　　　　　위대한　　　　웃으면서
홀로　　　　　시인이　　　　쓰는
흰　　　　　　아니었다.　　　시였다.
종이를　　　　그의　　　　　—김화영
꺼내　　　　　시는
놓고
고뇌하며

0З8

자크 프레베르, 『절망이 벤치에 앉아 있다』
(김화영 옮김, 민음사, 2017)

나도 노래를 만들고 있지만 솔직히 어떻게 하면 노래를 쉽게 만들 수 있는지는 잘 모르겠다. 하지만 막힐 때마다 항상 기대는 것이 있으니, 바로 '말하기'다. 노래가 막히면 내가 평소 말하는 방식을 참고한다. 말도 막힐 때가 있지만 생각에 비하면 덜 막힌다. 게다가 말은 별생각 없이도 이어진다. 앞으로 나아가는 말의 에너지와 리듬, 그 힘을 빌리는 것이다.

그렇다면 어떤 때 말이 풍성하게 흘러나올까? 말하기 편한 상대와 있을 때다. 그런 상대를 상상하며 두서없이 말하기 시작하는 것이 보통 내 창작의 바탕이었다. 이때 중요한 건 글로 쓸 때도 내 말투를 최대한 살리는 것이다. 그러면 생각을 몇 단어로 요약할 때는 드러나지 않던 개성이 나온다. 나만의 말버릇, 망설임과 반복, 특유의 추임새가. 물론 말로 하면 어색하거나 비밀스러운 내용이라 글로 써야 더 자연스러운 것도 있는데, 그런 경우에는 문어체로 쓴다. 어느 쪽이든 잘되는 쪽을 고르면 된다.

이제 그렇게 흘러나온 것에 멜로디를 붙인다. 물론 내가 주절주절 떠든 모든 것에 멜로디를 붙이지도 않고 그럴 이유도 없다. 그러나 노래를 만들어 보는 단계에서는 그런 경험을 많이 해 보는 게 좋다. '무엇에나 멜로디를 붙일 수 있어!'라는 자신감이 쌓이기 때문이다.

대부분의 노래는 몇 마디 되지 않아 금방 한 곡을 완성할 수 있다. 물론 직접 해 보면 이런저런 어려움이 있지만 말로 설명하면 그렇다는 것이다. 언제나 그렇듯 말은 쉽다.

사람들은
직장에
있을
때보다
샤워
도중에   신선한
             통찰을
             얻는
             경우가
             더
             많다고
             답했다.

스콧 배리 카우프만·캐롤린 그레고어, 『창의성을 타고나다』
(정미현 옮김, 클레마지크, 2017)

나 같은 프리랜서는 비교적 오전 시간이 한가하다. 그래서 10시쯤 머리를 감으며 슬슬 하루 일을 시작한다. 그럴 때면 생각이 선명해지며 이런저런 아이디어가 떠오른다.

오늘의 할 일을 생각하는 게 아니다. 사는 게 뭔지, 인생이 이런 건가 하는 상념이 재미난 형태로 떠오른다. 눈에 샴푸가 묻었을 때 인생에 대해 생각하다니 조금 우습지만, 나는 머리를 말리며 방으로 와서 그것을 적어 놓는다.

의외로 샤워하거나 머리를 감을 때 좋은 아이디어가 떠오른다는 사람이 많다고 해 왜 그럴까 생각해 보았다. 우선 두피를 자극해 그런 것 아닐까? 혈액순환도 잘되며 머리도 상쾌해질 테니. 다른 한 가지 이유는 보통 머리를 감는 상황 때문이지 싶다. 주로 긴장을 내려놓거나 외출 준비를 할 때 머리를 감으니까.

나는 외출을 앞두었을 때 청개구리 같은 본능이 살아난다. 즉 시간이 충분하지 않으니 오히려 아이디어가 선명하게 샘솟는 것이다. 이런 아이디어 중에는 쓸 만한 것도 많았다. 오후에 일을 마치고 돌아와서도 여전히 마음에 드는 경우도 꽤 있었고, 작품으로 발전시킨 경우도 있었다.

그렇다면 하루에 여러 번 머리를 감고 외출과 귀가를 반복하면 많은 아이디어를 얻게 될까? 모를 일이다.

이런 습관의 안 좋은 점도 있는데, 머리를 감기 전에는 아무것도 안 한다는 것이다. 아침에 좋은 아이디어가 떠올라도 머리를 감기 전에는 그냥 내버려 둔다. 어쩌다 일찍부터 전화가 걸려오고, 요청 자료를 보내느라 아침 겸 점심을 먹고서야 겨우 머리를 감을 때도 있다. 그러면 '창작의 하루'도 그제야 겨우 시작된다.

당신은
타자기나
종이
앞에
앉아서
창밖을
내다보며,
한두
시간쯤
아무
생각
없이
머리카락만
쓸어
넘길
것이다.
전혀
걱정하지
말라.
그것은
좋은
일이다.

040

브렌다 유랜드, 『글을 쓰고 싶다면』
(이경숙 옮김, 엑스북스, 2016)

'영감을 떠올린다'는 말은 이상하다. '떠올린다'는 말에는 어느 정도 노력의 뉘앙스가 있는데, 영감은 애를 쓰면 오히려 더 잘 다가오지 않기 때문이다.

오늘의 할 일을 적다가 집중력이 흐트러져 뭔가 끼적일 때, 그쪽이 오히려 영감에 더 어울리는 행동이다. 희곡을 쓸 일이 없는데도 두 인물의 대화를 상상할 때, 그런 게 영감에 더 어울린다.

이렇게 영감은 무심결에 찾아오는 경우가 많은데, 나는 매번 작정하고 앉아 머리를 싸매고는 좋은 영감이 차오르길 바라곤 한다. 그러다 결국 단념하고 외출하거나 뭘 먹거나 혹은 메모하기 어려울 때면 약 올리듯 이런저런 아이디어가 찾아든다.

이걸 알면서도 왜 항상 대범하게 여유에 맡기지 못할까? 영감을 요구하는 많은 일이 여유를 허용하지 않기 때문이다. 더군다나 협업으로 진행하는 일의 경우 영감은 각자의 몫이다. '영감의 문제'는 각자 알아서 하고 이미 떠오른 것들에서 협업이 시작되는 경우가 보통이다.

나는 영감이 일정에 맞춰 찾아오지 않는다는 걸 잊은 채 일정을 짠다. 그리고 좋은 영감이 떠오르지 않아 종일 애먹다가 정작 아주 짧은 시간, 마감이 가까운 시간에 해결책을 찾곤 한다.

어차피 저녁이 되어야 손님이 올 거라는 배짱으로 오후에 힘을 아껴 두는 그런 태도가 필요한 걸까. 나는 매번 문을 열고 혹시라도 일찍 손님이 올까 신경 쓰며 스트레스를 받는다.

화가
자신조차도
완성될
초상화를
정확하게
예측할   예측한다는
수   것은
없다.   창조하기도
             전에
             창조물이
             존재한다는   이
             것이므로,   터무니없는
                          가설은
                          스스로
                          무너진다.
                          —앙리 베르그송

○
四
一

위베르 리브스·다니엘 카사나브, 『우주—우주와 예술을 창조하는 원동력』
(권예리 옮김, 이숲, 2018)

나는 밤의 갇힌 기분에 대해 생각한다. 마음껏 음악을 틀 수도 없고, 어디에 갈 수도 없다. 겨울이라 창은 꼭 닫혀 있다. 그러다 문득 이것이 얼마 전 어느 글에 이미 썼던 주제임을 깨닫는다. 그 글은 우연이 아니라 평소 반복하던 생각의 한 자락이었던 셈이다.

뒤이어 내게 편안한 밤의 환경이란 근처 편의점에 잠깐 다녀올 수 있는 정도라는 생각이 든다. 누군가 깨어 있고 적당히 불도 켜진. 굳이 아주 먼 곳으로 떠날 정도의 자유까지 필요한 건 아니라고. 그러다 그 생각 또한 그 글의 한 단락이었음을 깨닫는다. 모든 게 우연이 아니라 평소 내 무의식의 흐름이었던 셈이다.

이런 생각을 하다 보면 작품의 시작이든 전개든 많은 부분을 무의식이 좌우한다는 걸 알게 된다. 어릴 적에 글이나 이야기는 '서론-본론-결론' 혹은 '발단-전개-절정-결말'로 구성된다고 배웠는데 그렇게 간단한 문제가 아니었다. 작품의 흐름을 좌우하는 무의식에 귀 기울이고 그걸 다루는 방법은 거의 배우지 못했다. 뒤늦게야 하나둘 깨닫는다.

작품을 시작할 수 없을 때, 도무지 전개되지 않을 때 우리는 꽉 막혔다고 표현한다. 그건 의식이 무의식과 엇갈린 상태일지 모른다. 의식은 이렇게 써야지 하는데 마음속 무의식은 다른 곳을 향하고 있는 상태.

이야기나 노랫말을 논리적으로 풀어 가려다 오히려 점점 얽혀 버릴 때도 있다. 그럴 때 나의 무의식을 믿어 본다. 주사위 던지기처럼 맡기면 무언가 나온다. 그렇게 내 안에서 툭 던진 무언가에 '의식적으로' 살을 붙여 나간다.

지도에도
없는
무인도까지
그의
머릿속에   그려져
세밀히   있어서
            항해
            땐
            즐기는
            술도
            마시지
            않는다.

강석경, 『일하는 예술가들』
(열화당, 1986)

이유 없이 상像이 뚜렷해질 때가 있다. 몇 달 동안 흐리멍덩했던 것이 선명해지는 건 알 수 없는 뇌의 작용 때문이겠지만 어쨌든 작업도 속도가 붙기 시작한다. 못 쓰던 글을 쓰고 막혔던 노래도 방향을 잡아간다.

이럴 때면 마음속 장면이 막연한 과거보다는 어제 일처럼 가깝게 느껴진달까. 묘사가 생생해지고 한결 구체적인 표현으로 이어진다.

그러나 그럴 때만 작업을 할 수는 없다. 그래서 숱한 날을 지지부진하게 보낸다. 성에 안 차는 단어로 억지 이야기를 쓰고, 진부한 전개의 멜로디를 붙여 보기도 하면서. 그러다 어느 날 상이 뚜렷해지면 안정감과 자신감이 생긴다. 모호하기만 했던 작업이 계획적으로 변한다.

재미있는 건 이때의 상은 흥행을 불러오는 기막힌 아이디어와 무관하다는 점이다. 그럴 수도 있겠지만 일치하진 않는다. 상은 창작자의 사적 취향이나 몹시 개인적이고 은밀한 장면일 수 있다. 확실한 건 그 사람에게는 가장 의미 있는 장면이라는 사실이다.

모든 작품이 대중의 사랑과 이해를 받는 것은 아니다. 그러나 사람들은 단단한 느낌을 주는 창작물을 한눈에 알아본다. 유행이나 관습을 그럴듯하게 재현한 게 아니라 알맹이가 느껴지는 작품. 바로 뚜렷한 상이 있는 작품이다.

나는 오랜 시간 프로듀서와 데모를 주고받거나 편집자와 초고를 주고받으며 상이 뚜렷해지기를 기다린다. 상대도 나도 도달점을 모르기에 그저 희망을 갖고 잡다한 시도를 해 나간다. 그러다 어느 날 뚜렷한 상이 떠오르면 '이제 됐다'는 데 바로 공감한다. 그것이 얼마나 좋은 반응을 얻을지는 몰라도 '이걸 하는 게 맞는다'는 결론에 이른다.

옷장의　　　　어울리지　　　내
옷을　　　　　않으면　　　　보기에
꺼내　　　　　벗어서　　　　괜찮은
입고　　　　　넣고　　　　　차림새를
거울에　　　　새로　　　　　찾아가듯
비춰　　　　　꺼내는　　　　글과
보고　　　　　일을　　　　　음률을
　　　　　　　반복하며　　　엮어
　　　　　　　　　　　　　　냈다.

시와, 『나는 노래하는 시와로 산다』
(도서출판 가지, 2022)

043

가사를 먼저 쓰느냐, 멜로디를 먼저 쓰느냐는 질문을 받으면 매번 주섬주섬 설명한다. 솔직히 어느 게 먼저랄 게 없다. 가사나 멜로디 중 한쪽을 다 써 놓고 다른 한쪽을 붙이는 경우는 거의 없기 때문이다.

가사를 먼저 쓰는 편이라고 하면 어디까지나 첫 소절을 말하는 것이다. 한 줄의 메모에 멜로디를 붙였다고 치자. 그건 노래의 시작에 불과하다. 이제 가사와 멜로디 모두 대기 상태에 놓인다. 다음은 누가 먼저 나갈까?

이때부터 유려한 달리기가 이어지면 행복하겠지만 대부분은 그렇지 않다. 서로 눈치를 보며 어느 쪽도 움직이려 하지 않는다. 가사와 멜로디를 지휘하는 나도 내심 가장 좋은 길을 가려는 욕심이 생긴다.

음악의 무서운 점은 좋지 않아도 이어 갈 수는 있다는 것이다. 그래서 진부해질까 계속 망설이게 된다. 가사와 멜로디가 교대로 나아가며 서로를 신선하고 쾌적한 길로 안내해 준다면 얼마나 좋을까!

방편으로 나는 심리적 장치를 준비한다. 전부 쓰이지 않을지라도 일단 메모를 길게 주절주절 써 둔다. 그러면 단어를 고르지 못해 망설일 때 어휘 창고(말뭉치)가 되어 준다. 멜로디는 조금 다른데, 멜로디에는 가사를 잊을 기회를 주어야 한다. 가사는 언어라 곧잘 논리로 멜로디를 붙들기 때문이다.

가사를 먼저 쓰느냐, 멜로디를 먼저 쓰느냐. 서로 먼저 가거나 안 가겠다고 버티며 싸우는 게 현실이다. 그리고 완성되면 둘 다 시치미를 뗀다. 마치 사이좋게 같은 속도로 달려온 것처럼. 동시에 태어난 것처럼.

일하기를
어려워했다.

베멀먼즈는
평생
전통적인
작업실
환경에서

퀜틴 블레이크·로리 브리튼 뉴웰, 『루드비히 베멀먼즈』
(황유진 옮김, 북극곰, 2022)

친구 집이나 친척 집에서 잠깐 누워 있다 아주 달콤하게 잔 경험이 있을 것이다. 이상하게 그럴 때 꿀잠을 자게 된다. 집에서는 안 그런데.

작업도 비슷한 면이 있다. 작업이 잘되었던 곳을 돌이키면 대부분 엉뚱한 곳이었다. 한 지인은 그걸 강박으로 설명했다. 수학을 해야 하면 영어 공부가 하고 싶어지고, 영어를 해야 하면 안 하던 운동이 하고 싶어지는 원리란다. 마치 앞을 안 보고 계속 곁눈질만 하는 기분인데, '네 집 내버려 두고 여기서 뭐 하는 거야?'라는 말이 괜히 있는 게 아니다. 내 집에서는 그만큼 기분이 안 나니 어쩔 수 없다.

이런 곁눈질을 적극 활용하는 것도 방법이다. 나는 글을 우선 거칠게 많이 풀어내야 할 때면 곁눈질하듯 쓴다. 실제로 곁눈질을 한다기보다 의식을 살짝 원고에서 떨어뜨린 채 모니터 옆 허공을 보는 기분으로 쓰는 것이다. 그러면 실제로 효과가 있다. '내 집'에 해당하는 모니터를 잠시 '남의 집'인 듯 속이는 원리랄까.

분량이 많은 작업을 할 때에도 이 방법을 활용한다. 처음부터 안 하고 무작위로 손에 잡히는 부분부터 한다. 가장 선명하게 다가오는 것, 가장 쉬워 보이는 것부터. 순서대로 하면 분량의 압박감이 몰려오고, 언제 이걸 다 하나 싶은 생각을 떨치기가 힘들다. 반대로 무작위로 하면 '어느새 퍼즐을 꽤 맞추었네' 하는 느낌으로 할 수 있다. 단 어느 부분을 했는지 헷갈릴 수 있으니 진행표를 만들어 꼼꼼히 기록해 두어야 한다. 흐름이 크게 중요치 않은 시선집을 옮기거나 여러 악기의 편곡 작업을 할 때 주로 이렇게 한다.

처음부터 하는 것은 정면을 보는 것에 비유할 수 있다. 반면 무작위로 하는 것은 매번 회피하려는 뇌를 무수한 곁눈질로 속이며 작업하는 것이다.

제 한 포기하지도,
인생에서 번에 그중
가장 몇 어느
어려운 개의 것도
게 삶을 버리지
그거죠. 살면서 않는
거요.
—아녜스 바르다

메이슨 커리, 『예술하는 습관』
(이미정 옮김, 걷는나무, 2020)

몇 년 전부터 책도 쓰고 번역도 하는데, 여러 일을 하는 게 서로 영감을 주느냐는 질문을 많이 받는다. 솔직히 나도 모르겠다. 물론 모든 경험은 예상치 못한 형태로 도움이 될 때가 있다. 그러나 여러 일을, 그것도 취미로 하는 게 아니면 절대적인 시간이 줄어드는 게 문제다.

특히 나는 한가해야 창의적으로 변하는 사람이다. 호기심이 많아 청탁이 전혀 없던 시절에도 부지런히 뭔가 끼적이곤 했다. '차라리 바쁜 게 낫지' 유의 사람은 아니다.

그런데 몇 년 전부터 바쁜 삶을 살고 있다. 마치 작업에 있어서 '어른'이 되어 버린 기분이다. 재미로 작업하는 게 아니라 마감도 지켜야 하고 일정 수준도 맞춰야 한다.

아직은 각각의 일을 충분히 오래 해 본 건 아니라 지금 작업 형태가 행복한 결론에 이를지는 잘 모르겠다. 그저 뭐든 열심히 해 본다는 생각으로 해 나가고 있다. 물론 '일이 있는 것만도 감사하지'라는 생각도 하지만 누군가 와서 본다면 이게 꼭 감사한 상황은 아니라는 걸 알 수 있을 것이다.

나는 워낙에 책을 좋아했다. 읽은 책이 음악에 영감을 주었겠지만 굳이 '문학이 음악에 영감을 주는구나'라고 생각하지 않았다. 번역이나 글쓰기를 하게 되었을 때에도 책에 대한 평소의 애정이 영향을 주었지 '음악 일에 도움이 되겠군' 같은 생각은 털끝만큼도 하지 않았다.

일이 서로 영감을 준다기보다 각각의 일을 통해 여러 방식으로 영감을 다루는 법을 배우는 것 같다. 영감이 떠오를 때만 일할 수는 없다는 것을 여러 분야에서 배우고 있다.

모순에서
생동감이
생겨난다.
―단게 겐조

로라 더시케스 엮음, 『집을 짓는다는 것』
(전은혜 옮김, 지노, 2021)

혼자 일하는 성격이라 해도 공동 작업이나 협업을 완전히 피하기는 힘들다. 내 경우 글의 초고나 데모 음원은 혼자 만들지만 이후엔 편집자나 프로듀서와 협업한다. 또 앨범 녹음의 경우 열 명 이상의 연주자를 만나게 된다.

그 과정이 쉽지만은 않다. 특히 작업 중에는 의심과 불만이 싹트는 순간이 있다. 그럴 때 나는 이것이 공동 작업임을 기억한다. 내 이름을 걸고 나가지만 실제로는 공동 작품이라는 것.

나름의 창의성과 안목이 있는 동료가 내게 필요한 것을 필요한 만큼만 돕는 상황은 불가능하고 맞지도 않다. 그 사람의 창의성도 더해지도록 여지를 두어야 한다.

나는 대부분의 작업을 '오케이'하는 편이지만 몇 군데서 잔뜩 욕심을 내기도 한다. 그래서 꼭 원하는 문장, 넣지 않으면 잠이 안 오는 멜로디 등은 확보해 둔다. 확실한 의견이 있으면 동료도 수긍하니까. 보통 갈등은 싫다고만 하고 이유를 확실히 안 알려줄 때 시작된다.

일단 욕심나는 것을 확보해 안심이 되면 나머지는 협업의 모험에 맡긴다. 즉흥연주가 예정되어 있으면 꼭 원하는 선율만 전달해 두고 나머지는 뜻밖의 좋은 연주가 나오리라 믿는다. 조금 미흡하면? 어쩔 수 없다. 애초에 내가 못하는 일이라 그 사람과 함께했던 것이니까. 또 예민하게 모든 세부 사항에서 고집을 부리면 '틀린 건 없는데 답답한' 작업이 될 수 있다.

공동 작업은 도움이 필요해서 하기도 하지만, 충돌할 때의 좋은 기운을 얻기 위해 하기도 한다. 기본 방향이 있고 서로를 믿으며 적당히 대범하다면 그야말로 협업의 마법이 일어난다.

그
산길의
오후를
본
것
같았으니.
난
이미
오래전에

잭 케루악, 『다르마 행려』
(김목인 옮김, 시공사, 2015)

지금 이 순간 영감에 가득 차 있다면 나는 이처럼 영감에 관한 글을 쓰고 있지 않을 것이다. 지금은 과거의 기억 중 영감의 순간이라고 부를 만한 기억을 뒤적이고 있다.

아마 첫 곡을 쓰던 시기에 가장 영감에 차 있지 않았나 싶다. 그때는 영감이 비전(계시)으로까지 보였다. 그 뒤로 차츰 많은 걸 화성과 스타일, 규칙과 숙련의 결과라고 이해하게 되었지만.

어느 겨울 나는 항상 몰려다니던 밴드 멤버들과 떨어져 혼자 인천의 한 쓸쓸한 동네를 걷고 있었다. 어느 길목에서 이런 장면이 떠올랐다. 가을의 한적한 들판에서 내가 누군가와 걷고 있는 장면이. 그 안에서 밴드는 이미 해체된 지 오래였고, 나는 같이 걷는 누군가에게 그동안 있었던 일과 남은 노래를 들려주었다.

나는 그날 길에 서서 수첩에 그 상상 속의 장면을 적었다. 그 메모는 「여기까지 가져온 노래뿐」이라는 곡이 되었고, 나는 밴드와 함께 그 노래를 녹음했다. 노래가 우리의 미래를 암시할지 모른다는 생각도 했지만 딱히 슬프게 부르지는 않았다. 그 나이 때는 뭔가 애잔하고 쓸쓸한 느낌도 멋지고 좋았으니까.

지금은 그 곡에 담겼던 미래보다 훨씬 더 미래인 시점에 와 있다. 요즘은 주로 현재에 시선이 머문다. 예전처럼 훌쩍 건너뛴 미래를 재미로 상상하지 않는다. 옛 창작자들이 신들린 듯 받아적었다는 묘사는 반쯤 과장이고 반쯤 진실인지 모른다. 나도 계시를 받은 듯 뭔가를 썼으니까. 그때 적은 것은 아이디어가 아니라 생생한 영상이었다.

비전 형태의 영감은 유년기나 청소년기에 많이 나타나는 신비한 능력 같은 것인지 모른다. 낭만주의자의 작법. 나도 있었지만 이제는 잘 쓰지 않고, 정말 있기는 한가 싶은 능력.

이렇게
계속되는
삶.

가장
흥미로운
것은,

이렇게
계속되는
죽음

048

찰스 부코스키, 『망할 놈의 예술을 한답시고』
(황소연 옮김, 민음사, 2019)

글이나 가사의 뒷부분이 도통 잘 풀리지 않을 때 나는 관심을 현재로 돌린다. 지금 벌어지는 일, 지금 하는 생각, 지금 생생하게 느껴지는 것에 집중한다. 즉 시야를 좁혀 보는 것이다.

글이나 가사를 쓸 때는 마음속 이미지와의 거리감이 중요하다. 우리는 보통 이야기를 실화와 허구로 나누는데, 마음속에서 그 둘은 생각만큼 다르지 않다. 경험도 주관적 이미지로 기억되고 때론 상상이 경험보다 생생하다.

나는 우리가 머릿속을 뒤적여 무언가를 떠올릴 때는 실제든 상상이든 어느 정도 회상 형식을 취한다고 생각한다. 왠지 저기 어딘가에 있을 것 같은 무언가를 어렴풋이 떠올리며 묘사하기 때문이다. 그때의 문제는 한없이 관념적으로 흐를 수 있다는 것이다. 관찰하기보다 지어내기 시작한다. 반면, 현재와 같이 가는 작업의 이점은 생생한 디테일을 살릴 수 있다는 것이다. 물론 사람은 정확히 실시간으로 삶을 적을 수는 없다. 그러나 실시간에 가깝게 적어 나갈 수는 있다. 노트를 들고 다니는 이유도 그래서다.

나는 이를 '현재진행형 작업'이라 부른다. 이때 현재를 적는다고 해서 실제만 적는다는 뜻은 아니다. 즉석에서 엉뚱한 상상으로 변주하기도 한다. 현재에는 상상도 함께 진행되기 때문이다.

내가
제일
잘
연주할
수
있을   한
때는   달
                동안
                피아노를
                접하지
                않을
                때입니다.
                —글렌 굴드

브뤼노 몽생종, 『글렌 굴드, 나는 결코 괴짜가 아니다』
(임동현 옮김, 모노폴리, 2008)

한동안 피아노를 안 치다가 쳐 보았는데, 이 말은 진짜였다. 물론 굴드처럼 잘 치진 않았지만, 내 수준에서 어느 정도 효과가 있었다.

연주 도중에는 간간이 부정적 감정이 쌓이기 마련이다. 스스로에 대한 지루한 감정, 관성적인 연주에 대한 혐오, 조바심 등이 끼어든다. 한동안 쉬었다가 다시 뭔가 해 볼 때에야 그런 감정이 일시적인 것이었음을 깨닫게 된다.

처음 기타 녹음을 할 무렵에도 안 되는 부분을 뿌리 뽑겠다며 마이크 앞에서 무한 반복을 하곤 했다. 녹음실에서 억지로 시간만 끌다 낙방한 기분으로 불려 나온 적도 있고, 집에서 헤드폰이 땀으로 흥건해지도록 반복 녹음을 한 적도 많다. 하지만 대부분 결과가 좋지 않았다. 연습이 충분하지 않은데 오기로 해결하려 했기 때문이다. 다음 날 한결 가뿐해진 기분으로 녹음하면 잘될 때가 많다. 그럼 전날 잔뜩 기록해 둔 파일은 무엇이란 말인가? 연습이었던 셈이다. 그간 안 했던 연습을 전날 오기 부리는 사이 알게 모르게 한 것이다.

어릴 때부터 피아노를 쳐서 연습량만큼은 충분했을 글렌 굴드에게 피아노를 접하지 않은 시간은 모든 걸 새롭게 조망하는 휴식이자 환기의 시간이었을 것이다. 다시 선명한 핵심에 집중하게 해 주는 시간.

난 연주가 어려울 때마다 굴드의 말을 생각하며 위안받는다. 또 한동안 연습을 안 했을 때에도 위안받는다. 연습 시간보다 환기하는 시간이 점점 많아져 문제이긴 하지만.

"정반대예요.
최고로
좋습니다."

"상태가
안
좋으시군요."
간호사가
보르헤스에게
말했다.

제이 파리니, 『보르헤스와 나』
(김유경 옮김, 책봇에디스코, 2022)

스스로도 낯설게 느껴질 만큼 엉뚱한 데서 시작한 작품이 있다. 「파시스트 테스트」라는 곡은 시내의 헌혈차량 같은 곳에서 파시스트 성향 검사를 한다는 상상에서 시작되었다. 그걸 노래로 만들 생각까지는 없었는데, 제작 중이던 앨범이 그런 엉뚱함을 요구했고 어느덧 즐겨 부르는 레퍼토리가 되었다.

책 『미공개 실내악』의 한 챕터인 「대기실 유형 연구」는 공연자들이 머무는 무대 뒤편을 글과 삽화로 유머러스하게 소개한 것이다. 원래 내가 편집자들과 기획 회의를 할 때마다 슬쩍 던져 보던 아이디어였다. 그다지 관심을 끌지 못해 스스로도 너무 엉뚱한가 싶어 단념했는데, 글과 삽화를 자유롭게 싣는 형식으로 구성된 책을 만나 짧게 선보일 수 있었다.

이런 걸 실현할 때는 가슴이 두근두근하다. 그다지 과감하지 못한 성격이라 살짝 미친 척할 각오가 필요하기 때문이다. 그러나 시간이 지나서 보면 그렇게 두근두근할 일이었나 싶다. 세상에는 더 과감한 시도가 많고, 오히려 엉뚱한 생각을 좀 더 강하게 밀어붙여 볼 걸 그랬나 싶을 때도 있다.

그러고 보니 세상에 충격을 던진 작품은 대체 얼마나 엉뚱한 것들이었나 싶다. 창작자가 몹시 과감한 성격이거나 남들과 본질적으로 다른 생각을 하는 사람이었을 것이다. 그러나 그런 작품도 대부분 시간이 지나면 꼭 충격적이기보다 시야를 신선하게 열어 주는 흥미로운 작품 정도로 남는다.

너무 망설이지 말고 이것저것 써 보아야 한다. 쓰자마자 의식되는 시선은 허구일 뿐이다. 게다가 그걸 완성해 발표하기까지는 너무나 많은 산이 있다. 시작부터 망설이면 안 된다. 세상에 충격을 준 작품에 비하면 아무것도 아닐 테니까.

새들과 　　야생동물들과 　　우리는
함께 　　　 내가 　　　　같은
잠을 　　　 똑같은 　　　이유로
자던 　　　 존재라고 　　같은
시절, 　　　느꼈다. 　　 활동을
나는 　　　　　　　　　 하고
함께 　　　　　　　　　 있었다.
잠을
자던

마크 헤이머, 『두더지 잡기』
(황유원 옮김, 카라칼, 2021)

051

나는 확실히 자연에서 영감을 받아 온 창작자는 아니었다. 동네나 터미널, 사람들이 북적한 공간에서 더 많은 상상을 해 왔다. 자연이 영감의 원천이라는 건 머리로만 알았다.

그러던 어느 날 앨범 홍보에 필요한 사진을 찍으러 교외로 나갔다. 멋진 풍경이 필요해서였는데, 뜻하지 않게 습지에 모여 있는 게를 보게 되었다. 처음 보는 종류라 자꾸 눈길이 가서 사진을 찍어 집에 와 검색해 보니 그 이름도 익숙한 말뚝게였다. 그 '말뚝게'를 통해 내가 갔던 장소가 비교적 잘 보존된 습지라는 사실을 알게 되었다. 또 전 세계적으로 습지가 얼마나 희귀해 보존이 시급한지 잠깐이나마 생각해 볼 수 있었다. 한강 하구가 서해의 바닷물과 강의 민물이 섞이는 지점이라는 것, 말뚝게는 평소 잘 안 나오는데 비가 온 직후라 나와 있었다는 것도 배웠다. 게가 갈대 잎을 먹고, 진흙에 구멍을 내어 식물 뿌리의 호흡을 돕는다는 것도. 말뚝게 하나만 들여다봐도 이렇게 알게 되는 것이 많은데 자연에는 아직 모르는 것이 얼마나 많을까.

흔히 자연은 영감의 원천이라고 한다. 그러나 단순히 생태가 다양하고 소재가 무궁무진해 그렇게 말하는 것은 아니리라. 자연은 인간의 모습과 비슷하면서도 다르다. 그래서 들여다볼수록 삶이란 무엇인지 새삼 생각하게 해 준다. 또 피상적인 수준을 넘어 자세히 알수록 새로 깨닫는 것도 많아진다.

위대한 과학자들이 문학 못지않게 아름다운 글을 남겼던 이유도 그래서인지 모른다. 자연을 가감 없이 다루면서 그 자체로 삶의 진실을 보여 주는 것. 그것이야말로 예술이 추구하는 가장 신선한 경지가 아닐까?

"왜
리어카나
포장마차에
'군고구마
팝니다'
'붕어빵
팝니다'
하고
써
놓은
글이
있잖아?
그런
글이
정말로
살아
있고
생명력이
있는
글이야.
꼭
필요한
글이지."
─장일순

052

최성현, 『좁쌀 한 알』
(도솔, 2004)

아무것도 완성해 본 적 없던 지망생 시절, 반성의 일기를 썼다. 그때까지 가졌던 삶의 태도에 대한 반성과 단절의 일기였다.

당시 내게 영향을 준 사람들은 서로가 좀 더 자유롭게 표현할 수 있게 돕고, 진솔한 대화를 나누는 걸 중요시했다. 그들과 대화하면 무슨 이야기를 해도 평가나 판단을 하지 않아 편안했다. 사실 그전까지 내 언어는 타인의 눈치를 보고 있었다. 전문가 집단에 재능을 인정받고 싶은 마음에 멋진 표현에 골몰했다.

나는 한동안 꿈을 접고 다양한 삶의 풍경을 접했다. 우리는 목적 없이 몰려다녔고 게시판에 서로의 삶을 기록하고 공유했다. 형식은 자유였다. 일기도 되고 그림이나 시도 상관없었다. 주로 비평이나 논리적 글을 쓰던 나는 마음을 표현하기 시작했고, 어린 시절 이후 처음으로 드로잉 같은 것도 그려 보았다.

그러나 머지않아 기발한 아이디어의 매력이 다시 찾아왔다. 유행하는 문화에 호기심이 생겼고, 진솔함도 좋지만 짓궂고 세련된 유머도 좋았다. 우연히 음반을 만들어 판매하고 홍보하는 집단도 알게 되었다.

나는 한동안 양쪽 집단을 오가며 마음이 복잡했다. 한쪽에는 근사하고 흥분되는 일을 얘기하는 이들이 있고 한쪽에는 그런 건 부질없다는 듯 조용히 살아가는 이들이 있었다. 두 세계 사이에서 나름의 기준을 갖기까지 오랜 시간이 필요했다.

그중 어느 쪽이 내 창작의 기반이 되었을까? 둘 다였다. 여전히 내게는 그 양면성—드러내며 자랑하는 것과 감추며 무시하는 것—이 남아 있다. 양쪽이 튀어나올 때마다 내 일부려니 받아들인다.

소설은
이미
존재하고   아직
있으나   발견되지
           않은
           어떤
           세계의
           유물이다.

스티븐 킹, 『유혹하는 글쓰기』
(김진준 옮김, 김영사, 2002)

소설을 쓰는 아내에게 영감에 대해 가볍게 물어보았다. 아내는 기다렸다는 듯 영감이란 하늘에서 떨어지는 게 아니라 땅에서 파내는 거라고 했다. 저 땅속 어딘가에 영감이 있는 것 같은데 막상 파 보면 나오지 않아 여기저기 파게 된다는 것이다. 힘들어도 무언가 있다는 건 알기에 안 파 볼 수도 없고 말이다. 내가 감탄하니 아내는 사실 이건 스티븐 킹의 비유라고 말해 주었다.

우리는 사람들에게 작업 과정을 설명하기 어려웠던 경험에 대해서도 얘기했다. 보통 워크숍이나 창작 강의에서는 작업 요소를 분해해 '과정'처럼 설명한다. 게다가 그런 자리를 기획하는 이들은 참여자 모두가 그 과정을 함께 체험한 뒤 마지막에 작품이 나오는 기적을 기대한다.

이때 창작은 하늘에서 떨어지는 것도, 땅을 파는 것도 아닌 생산 공정의 형태가 된다. '이대로 따라 하면 무언가 나옵니다'가 보장되는 공정. 그러나 실제 창작은 이런 과정을 수없이 반복하기도 하고 일시 중단했다 한꺼번에 진행하기도 하며 이루어진다. 쉽게 말해 통합적으로 이루어진다.

영감이 작품으로 이어지는 과정은 비유하기 나름이다. 하늘에서 떨어지길 기다리는 식이기도 하고, 광물을 찾는 형태이기도 하고, 생산 공정이기도 하다. 그러나 그 모든 설명이 부족할 만큼 통합적이다.

그대로
팩스로
보내는
의뢰　　　사람이었으니.
전화를　　ー신타니 마사히로
받으면서
그려서,

안자이 미즈마루, 『안자이 미즈마루 ― 마음을 다해 대충 그린 그림』
(권남희 옮김, 씨네21북스, 2015)

이 일화를 주변에 얘기하니 누군가는 과장이라고, 누군가는 결과물이 별로였을 거라고 했다. 하지만 나는 이 일화가 근사하게 느껴졌다. 분명 팩스로 도착한 그림에는 경쾌한 리듬이 담겨 있었을 것이다. 혹여 오케이가 나지 않았으면 어떠랴. 그거야 머리를 싸매고 만들어 낸 경우에도 마찬가지 아닌가.

나 역시 일상의 리듬이나 속도감에 착상을 맡길 때가 많다. 몇 달 동안 못 쓰던 가사를 외출하기 5분 전 시도해 본다든지, 2절이 떠오르길 빌며 1절의 이야기를 빠르게 풀어 타이핑해 본다. 모든 건 심리적 장벽을 리듬의 힘으로 피하고 무시하고 추월하기 위함이다. 모든 발상에는 단짝처럼 훼방꾼이 따라붙기 때문이다. 그래서 더더욱 손을 놀리고 몸을 움직인다. 자신 없음, 걱정, 변덕이 들러붙기 전에.

칼럼같이 단기간에 끝내야 하는 청탁을 받아도 리듬에 의지해 본다. 우선 되도록 일찍 착수한다. 기한이 일주일이면 첫날 혹은 다음 날 아침에 바로 시작하는 것이다. 그러면 최소한 두 가지를 얻는다. 방향에 대한 감과 조금은 해 두었다는 자신감.

그리고 마감 이틀 전쯤 집중해서 최대한 빠르게 써 내려간다. 이때는 생각을 너무 많이 하지 않고 양을 채우는 데 주력한다. 내용이야 어차피 내 머리에서 나오는 것을 벗어날 수 없다. 대신 싱싱함을 기대한다. 내가 아는 것, 평소의 생각이 최대한 경쾌한 문장에 담겨 나오길 바라며 속도를 낸다.

마감 하루 전이나 당일 오전은 이리저리 배치하며 마무리하는 시간이다. 이때 역시 너무 고심하기보다 몇 부분을 쓱쓱 잘라 내는 리듬으로 작업한다. '어차피 오늘 보내야 하잖아, 시간 내에 최대한 해 보는 거지' 하는 마음으로. 안자이 미즈마루에 비하면 호흡이 길지만 내 나름의 경쾌한 리듬이다.

대체로
음音이
일어나는
것은
인심人心에서
말미암아
생긴
것이며,

인심이
움직이는
것은
물物이
그렇게
만든
것이다.
―악기(樂記)

조남권·김종수, 『악기樂記 ― 동양의 음악사상』
(민속원, 2000)

앨범 재킷에 쓸 이미지를 궁리하느라 동네 뒤 언덕을 넘으며 이 것저것 찍어 본다. 별로 쓸 만한 게 없다. 그러나 사실 그럴 리가 없다. 억지로 찾으려니 소재가 자취를 감춘 것이다. 내가 관심을 접으면 풍경은 다시 슬며시 실마리를 드러낼 것이다.

오늘은 적당히 포기한 마음으로 욕심을 비우고 작업실로 간 다. 배드민턴장에서는 중학생들이 휴대폰을 보며 깔깔대고 있 고, 게이트볼장에서는 어르신들이 열심히 점수 계산을 하고 있 다. 그 옆을 찌뿌둥한 기분으로 그림자처럼 지나간다.

내가 언제나 창작의 조건으로 생각하는 이상적인 상태는 산 뜻한 기분이다. 무언가를 짧게 표현하고, 그것이 마음에 들고, 다음 단계를 기약하며 잘 덮어 둘 수 있는 여유로운 오전 같은 기 분. 그러나 현실에서는 늘 조금 피곤하고 뒤숭숭하고 조급하다. 오늘처럼 무언가를 떠올려야 할 때면 어디 안 써먹은 게 없나 하 는 마음으로 주변을 살핀다. 그러나 나는 자연스러운 표현이란 그런 게 아니라고 생각한다. 무언가가 넘쳐나 기타나 펜과 종이 를 잡게 되는 그런 상태가 원형이라 믿는 편이다.

마감이 작품을 낳는다느니, 시련이 예술을 만든다느니 하는 말은 예술을 쥐어짜는 입장에서 하는 말이 아닐까. 본래 자연스 레 흘러넘칠 때에만 표현하던 것을 현실에 적응하느라 쥐어짜게 된 거라고 주장하고 싶다.

이런저런 압박감이 있지만 어쨌든 무언가를 해 나가야 하는 오후, 나는 마음이라도 현실에서 벗어나 그런 원형의 상태로 돌 아가려고 애써 본다.

가구음악은   이   : 음악적
"왈츠"   음악은   가구이다!
"환상곡"   다른   가구음악은
등을   것이다!   가구를
대체한다….   더   보완한다.
혼동하지   이상
말   "위조음악"은
것!   없다

050

에릭 사티, 『사티 에릭 사티』
(박윤신 옮김, 미행, 2022)

사진과 구분이 안 되는 그림이나 한계를 뛰어넘는 가창력에 열광하는 사람들이 있다. 반면에 그런 건 촌스럽고 진부한 예술이라고 코웃음 치는 사람들도 있다. 어느 쪽이 맞을까?

영원한 아웃사이더 음악가 에릭 사티가 창안한 '가구음악' 개념은 이런 복잡함에 다가갈 실마리를 준다. 독특한 소재와 복잡한 기법을 연마하는 세계도 있지만 '한발 물러나 보는 것'처럼 같은 것을 새롭게 만드는 세계도 있다. 이는 쉬워 보이면서도 섬세한 기술이다. 우리는 악기를 배울 때 먼저 멜로디를 정확히 치는 연습을 하고 난 다음에야 비로소 강약과 완급 조절로 감정을 싣는 연습을 한다. 그러나 '가구음악'은 멜로디를 창밖의 소음 혹은 휴대폰 벨소리처럼 건조하게 치는 경지다. 이 경지에선 '너무 잘 들리면 안 되는 음악'조차 가능하다. 또한 아주 뻔했던 것이 신선해질 수 있고, 모두가 좋아하는 것이 가장 진부한 것으로 전락할 수도 있다. 열심히만 하면 1등이 되는 세계가 아닌 셈이다.

비슷한 경우를 주변 문화에서도 쉽게 찾아볼 수 있다. 대표적인 게 '힙한 취향'이다. '힙하다'는 평가를 받기 쉽지 않은 이유는 너무나 미묘한 데다 계속 변하기 때문이다. 힙한 것을 따라 하면 이미 힙하지 않다. 반대로 그런 것에 관심도 없고 초연한 사람이 정말 힙한 표본이 되기도 한다. 그렇다고 아무것도 안 하면 무조건 힙해지는 것도 아니다.

사람들은 문화의 결을 세세히 구분해 새로움을 찾아낸다. 뻔한 취급을 받던 것이 숭배의 대상이 되기도 하고, 세련되다는 평가를 받던 것이 너무 유명해졌다는 이유로 평가절하되기도 한다.

새로운 것을 만들어 내는 게 예술이기도 하지만, 기존의 것을 새롭게 보여 주는 것도 예술이다. 종으로 가는 세계가 있다면 횡으로 가는 세계도 있다.

"그것은 그냥 하나의 팸플릿이다. 그러나 이 팸플릿은 가능한 한 예술적으로 보여야 한다."

하인츠 슐라퍼, 『니체의 문체』
(변학수 옮김, 책세상, 2013)

057

나는 내용과 별도로 책이나 인쇄물, 서류 등의 물성을 좋아한다. 박물관 같은 곳에서 옛사람이 묶은 작은 책을 보면 언제나 동경심이 솟는다. 작가의 육필이 담긴 작업 노트는 물론이고 누군가 실용적 목적으로 기록했을 투박한 일지에서도 좋은 느낌을 받는다. 그런 것을 만들고 엮고 싶어진다.

음악은 결국 소리로 완성되지만 충분히 종이처럼 상상할 수 있다. 연주하고 흥얼거리는 일을 오리고 붙이는 일처럼 상상해 보는 것이다. 생각해 보면 악보를 좋아하게 된 것도 자연스러운 일이었다. 나는 지난 시대 작곡가들이 책상 위에 준비해 두었던 종이와 잉크, 자와 가위 같은 도구를 보는 게 좋았다. 그들은 소리를 다루지만 손으로 기록하고 오리고 붙이기도 했다.

통영의 윤이상 박물관에서 악보를 본 적이 있다. 손으로 쓴 악보 여기저기에 작곡가의 메모가 있었다. 오케스트라 총보의 한 장을 표지로 활용했는데, 한 줄의 오선에 정갈한 곡 제목이, 또 다른 줄에 작곡가의 이름과 사용된 악기 목록이 적혀 있었다. 그 모든 것은 최종 결과물이라기보다 세상에 나갈 작업의 '과정'이었다. 그러나 종이 위의 그 흔적들은 음악 못지않은 감동을 불러왔다.

악보 위에 제목을 쓰고 날짜를 쓰는 행위. 연주나 녹음에 비해 부수적으로 여겨지는 그 행위는 실제로 음악에 기여하는 숨은 공로자일지 모른다. 나는 완성 후 써넣은 제목이 근사하다면 곡 또한 근사하리라 믿는다. 곡도 없이 제목부터 써 보았는데 필체가 마음에 든다면 멋진 곡이 나올 거라 믿는다.

네가
적절하게
사용할   영상과
경우에만,   소리는
             가치와
             힘을
             갖게
             될
             것이다.

로베르 브레송, 『시네마토그라프에 대한 노트』
(이윤영 옮김, 문학과지성사, 2021)

어두운 공연장에 앉아 앞 팀의 공연을 본다. 우리에게 진한 인상을 남기는 것은 무엇일까? 선곡일까? 음악가의 표정일까? 어떤 오묘한 화음이나 노래에 담긴 의미일까? 물론 그런 것이 영향을 주지만, 먼저 작용하는 건 그 노래가 무엇인가를 '적절히 표현하고 있을 때의 에너지' 아닐까?

슬픈 노래를 정말 어울리는 감정으로 표현할 때, 밝은 노래를 적절한 밝기로 표현할 때 즉각 생겨나는 에너지. 선곡이나 메시지, 장르가 좋았다고 말하지만 그건 에너지가 전해 준 감동에 뒤늦게 붙이는 이유일지 모른다. 사실 좋은 에너지를 준다면 어떤 음악인지는 큰 상관이 없을 때도 있다.

그림도 그렇지 않을까? 어린 시절 하얀 종이를 앞에 두면 '뭘 그릴까'가 가장 큰 고민거리였다. 그러나 서점에서 거장의 화집을 보고 있으면 그런 생각이 든다. 화가들이 다루는 소재도 대부분 그다지 특별한 건 아니라는.

일반적으로 우리는 누가 무엇을 그렸다는 식으로 기억한다. 그러나 무엇을 그렸는지 이전에 어떻게 그렸는가를 보아야 한다. 반 고흐가 해바라기를 그려서가 아니라 그만의 표현을 보여주어서 위대한 것처럼.

다시 공연을 본다. 잠시 뒤 내 순서에 연주할 곡의 선곡이 적절한가 생각하다가 '뭐든 잘하면 되지'라고 정리한다. 그러나 적절하게 잘한다는 것은 참 어렵다. 잘되던 부분이 유난히 어렵게 느껴지기도 하고, 알 수 없는 이유로 긴장하기도 한다. 결국 평소에 컨디션을 잘 관리하고 연습도 충분히 해 두어야 한다는 뻔하고 냉엄한 결론에 이른다.

그럼에도 한 가지 희망이 있다면, 적절히 표현되기만 하면 어떤 소박한 것도 빛을 발한다는 사실이다.

세고비아도,
카살스도,
바흐도,
스트라빈스키도
아마
평생을
나와
같은
재료를
가지고
방안에
홀로
앉아
창밖으로
지나다니는
이들을
지켜보는
사람에
불과했으리라.

글렌 커츠, 『다시, 연습이다』
(이경아 옮김, 뮤진트리, 2017)

059

사람은 위아래 개념이 없는 우주공간에서도 자의적으로 위아래를 정해 생활할 수 있다고 한다. 허구의 틀이 균형을 잡는 기초가 되는 셈이다.

노래를 쓸 때 나는 멜로디가 내 앞의 허공, 하늘까지는 아니고 살짝 위쪽에 나타난다고 상상한다. 그렇게 어렴풋이 떠오른 뭔가를 악기로 연주해 보며 구체화한다. 그러나 실제로 멜로디가 허공에서 날아드는 것은 아니다. 마음의 작용을 나름의 이미지로 상상해 보는 것이다. 이 방법은 은근히 효과가 있는데, 습관이 되면 기타를 안고 살짝 먼 곳을 볼 때 작업이 더 잘된다.

나는 노래에도 가상의 공간을 투영해 보곤 한다. 「지망생」은 누구나 거치는 시기, 미래는 불투명하고 낯선 공간에서 소소한 경험을 쌓아 가는 시기를 묘사한 곡이다. 나는 그 노래의 시작 부분에 옥상에서 도심을 내려다보는 느낌을 투영했다. 첫 가사는 '도시에 오면 아직 모든 것들은 가려져 있고'로 시작되지만 거기에 옥상은 없다. 그 공간은 반주되는 음악에 표현되어 있다.

도시를 내려다보는 이미지는 아주 흔하다. 나는 오래전 대도시를 처음 마주했던 막막함과 신기함을 회상하는 데 그 이미지를 활용한다. 그러면 장면은 훨씬 구체적으로 변하고 묘사하기도 쉬워진다. 기타 사운드 역시 높은 곳에서 내려다보는 느낌을 내도록 의도한다.

참신하게
시작되는
이야기들은
많다.

그러나
이것은
그런
이야기가
아니다.

리처드 브라우티건, 『완벽한 캘리포니아의 하루』
(김성곤 옮김, 비채, 2015)

인터넷에서 가끔 뭔가 구입할 때면 스스로의 패턴을 의식하게 된다. 우선 대강의 가격을 파악한다. 그다음 살짝 과감하게 접근한다. 기분 문제도 있으니 너무 세세하게 가격 차이를 따지지 않고 과감히 산다. 거의 사기 직전에 다음으로 미루는 경우는 드물다. 결국 최저가는 아니지만 괜찮은 가격에 물건을 구입한다. 최고의 쇼핑을 했느냐 묻는다면 잘 모르겠다. 적당히 만족스럽고 안전한 쇼핑을 하는 것이다.

이런 패턴은 일할 때에도 가끔 드러난다. 잡지 칼럼처럼 비교적 자유로운 글을 맡았다고 해 보자. 자유롭게 쓰라지만 매체의 성격이 있기 때문에 암묵적인 형식을 요구한다. 그래서 일단 같은 지면에 이전에는 어떤 칼럼이 실렸는지 가볍게 파악한다. 사려는 물건의 가격을 대강 봐 두는 것과 비슷하다.

그러고 나면 조금 과감하게 접근한다. 자유롭게 써 달라는 것은 기존 칼럼을 참고하되 너무 형식에 매이지는 말라는 뜻일 테니까. 특별한 주문이 없다면 그 순간 떠오르는 것을 쓴다. 그리고 편집자가 한두 단어 고치는 정도는 감수한다. 지면에 맞는 바를 내가 전부 알 수는 없으니까.

어쩌면 창작자의 고집이 느껴지지 않는 무난한 방식처럼 들릴지 모르겠다. 그러나 정답이 없는 가운데 무언가를 선택해야 하고 끝없이 망설이게 되는 창작의 세계에서는 맺고 끊는 시점이 중요하다. 글자 수나 소재처럼 최소한의 기준을 확인해 내가 자유로울 수 있는 영역을 확보한 다음 내면의 훼방꾼이 나타나기 전에 빨리 끝내 버리는 것이다. 최고치를 요구하면서 아무것도 못하게 만드는 훼방꾼 말이다.

기계를
구르고
있는
사람의
뒷모습은
왜
이리도
아름다울까.

그것이
알고
싶어졌다.
그렇게
우리는

레터프레스를
공부하기
시작했다.

이동행, 『어딘가에는 아마추어 인쇄공이 있다』
(온다프레스, 2022)

어떤 일에 순수한 흥미가 생겨 한번 해 보고 싶다고 얘기했는데 다들 수익성이나 그 일의 고된 면에 대해서만 얘기한다면? 맥이 빠질 것이다. 아쉽지만 현실에서는 많은 일이 그렇다. 먹고사는 일이 만만치 않은 데다 순수한 흥미로만 뭘 할 여지가 많지 않기 때문이다.

지금은 음악을 업으로 삼고 있지만, 이십 대의 나는 음악으로 돈을 벌겠다는 생각은 하지 않았다. 그저 리스너이자 아마추어 연주자로서 녹음이나 연주를 더 경험하고 싶다는 생각이 강했다. 문제는 아마추어가 무언가를 충분히 경험할 중간 지대가 없다는 데 있었다. 선택의 압박이 시작되었다.

안정적인 직업을 갖고 음악은 취미로 하라는 말을 무수히 들었고, 음악을 일로 선택한 뒤에는 이것이 버젓한 '직업'임을 계속 증명해야 했다. 그건 피곤한 일이었다. 인디신에서 '지속 가능한 딴따라질'이라는 문구가 히트했을 때에도 나는 생각했다. 내가 흥미 있는 일을 알아서 하겠다는데 세상은 왜 그리 지속 가능한지를 묻는 걸까.

지금은 K팝의 성공 덕분에 '음악도 돈이 된다'는 인식이 확실히 생긴 것 같다. 그러나 과연 음악이 한결 편하게 선택해 볼 만한 일이 되었는지는 여전히 잘 모르겠다. 오히려 더 큰 비즈니스가 되었으니 선택의 압박도 더 커지지 않았을까?

흥미와 직업 사이의 중간 지대가 더 넓고 깊어졌으면 좋겠다. 굉장한 깊이의 아마추어 음악가가 더 많아졌으면 좋겠고, 흥미만으로도 음악을 오래, 천천히 경험할 수 있는 기회가 늘어나면 좋겠다. 그러면 나도 처음으로 돌아가 음악이라는 일을 더 편안하게 선택해 보고 싶다.

그러나　　　　가만　　　　없어
삶은　　　　　보고　　　　보인다
우선　　　　　있으면　　　(실은
살아가는　　　그들은　　　잘
것이다.　　　　무엇이든　　모른다).
그　　　　　　깨닫느라
전에　　　　　정작
제발　　　　　자기
좀　　　　　　삶을
그만　　　　　살
깨달았으면.　시간이

유진목, 『산책과 연애』
(시간의 흐름, 2020)

나는 일기 쓰기를 좋아한다. 십 대 후반부터 그랬다. 그러나 이십 대 초반 어느 시기에는 일부러 쓰지 않았다. 삶을 너무 관조하는 것 같아 스스로가 비겁하게 느껴졌기 때문이다. 시간이 흘러 내 본성을 편안히 받아들이게 되자 다시 일기를 쓰기 시작했다. 거기에 적힌 경험은 노래가 되기도 하고 또 다른 글이 되기도 했다.

내 일기의 목적은 하루를 반성하고 새로 결심하는 일과는 무관했다. 그저 사실을 산문으로 재구성한 글이었다. 경험을 이야기로 적는 게 재밌었다. 지난 일을 기억하기 위한 목적이라면 꼼꼼한 일지로도 충분했을 텐데, 나는 묘사에 많은 에너지를 썼다.

여러 해 묘사하듯 일기를 쓰다 보니 경험을 묘사하는 습관이 몸에 배었다. 하루의 일을 몇 줄로도, A4 열 장으로도 옮길 수 있었다. 일기를 묘사하듯 쓰다 보면 하루가 정말 길다는 것을 알게 된다. 의식에서 까마득히 사라진 낮의 일이 이미 적어 내려간 사건들 틈에서 계속 튀어나온다.

요즘은 꼬박꼬박 일기를 쓸 시간이 없다. 그러나 일기에서 익힌 습관은 이곳저곳에서 이어진다. 경험을 노래로 만들기도 하고 경험의 일부를 글에 활용하기도 한다.

자신의 삶을 쓴다는 것은 쉬우면서도 복잡한 일이다. 쉬운 건 소재가 항상 곁에 있어서이고, 복잡한 건 쓰는 시간조차 그 삶에 포함되어 있기 때문이다.

엎치락뒤치락 쓰는 자와 쓰이는 자로 자리를 바꾸며 복잡한 작업이 이어진다. 그 끝없는 체력전이 지겨울 때도 있다. 그러나 어느 날이면 다시 기분 좋은 캐치볼로 다가오기도 한다.

그대를
위해서나
내
영광을   쓰겠다는
위해서   생각은
              추호도
              없었다.

미셸 드 몽테뉴, 『에세 1』
(심민화·최권행 옮김, 민음사, 2022)

이 말이 신선하게 다가온 것은 보통 대작의 저자는 '누군가를 위해' 혹은 '모두를 위해'라고 말하기 때문이다. 맞다. 의뢰받은 작품이 아닌 이상 창작은 어느 정도 자신을 위한 작업으로 시작된다. 그러나 작품이 세상에 발표되면 내 의도와 무관하게 모두의 것이 되어 버린다.

오래전 밴드를 할 때 나는 내 개인 곡과 밴드의 곡을 구분했다. 기준이 뭐였는지는 모르겠지만 그 구분은 확실했고, 밴드의 곡이 부족해도 새로 쓰기 썼지 개인 곡은 주지 않았다. 멤버들은 내 개인 곡을 데모로 들어 봤기에 가끔 즉흥연주도 했다. 그러나 나는 끝까지 녹음이나 공연에서 개인 곡을 제외했다. 왜 그랬을까? 지금 생각하면 그때는 내 곡이 곧 내 자아였고, 이상적인 모습으로 완성하기 전에 모두의 것으로 내놓는 게 불안했던 것 같다.

시간이 흘러 밴드의 곡도 발표해 보고 내 개인 곡도 발표해 본 지금은 전처럼 예민하지 않다. 누군가 내 노래를 조금 개사하거나 제 곡처럼 부른다고 해도 빼앗겼다고 생각하진 않는다. 그러나 가끔은 나 자신을 위해 노래를 만들던 초심이 필요하다고 느낀다. 뭔가를 창작하자마자 발표해야 하고, 보여 주자마자 반응을 살펴야 하는 시대에는 '공적 시선'에 젖기 쉽다. 그것이 작업의 시작부터 영향을 준다. '이제 좀 자신을 위해 사세요'라는 조언이 필요한 상태랄까.

많은 성숙한 예술가들은 작품이 모두의 것으로 여겨지는 데 관대하다. 그것을 영광으로 여기기도 한다. 몽테뉴도 『에세』가 유명해진 뒤에는 그랬다고 한다. 그러나 그가 작품 한 귀퉁이에 사인처럼 남겨 둔 흔적 또한 귀엽고 인간적이다.

각자가 하나의 엄청난
선택한 '그룹', 우연의
시간과 '공동체'를 덕을
공간이 이루는 받아야
겹쳐 것은 가능하다.

하정, 『나의 두려움을 여기 두고 간다』
(좋은여름, 2020)

밥배와 술배는 따로 있다는 말이 있다. 사람의 에너지도 그렇지 않을까 싶은데, 가령 내 일은 지지부진하게 하다가도 남의 일을 도우러 가면 가뿐하게 해낼 때가 있다.

'내 일처럼' 잘 도울 수 있는 것은 '내 일'이 아니어서일지도 모른다. 자기 일만큼 복잡한 기억이나 망설임, 걱정 등과 얽혀 있지 않으니까. 사람들이 남 일에 참견하길 좋아하는 것도 직접 얽혀 있지 않아 에너지가 더 잘 솟기 때문이 아닐까?

이런 특징 때문에 창작자들은 협업을 한다. 나는 오랫동안 한 명의 프로듀서와 앨범 작업을 해 오고 있다. 누군가와 손발을 맞춘다는 게 쉬운 일은 아니지만 우리는 좋은 호흡을 맞춰 왔다고 생각한다. 혼자라면 불가능했을 많은 일들을 해 왔다.

최근에는 몇 달간 혼자 녹음해 오던 데모 음원의 기타 부분을 함께 재녹음했다. 내 방에서 녹음해 온 연주를 좋은 마이크로 재녹음하며 리듬이나 화음 등을 정리하는 과정이었다. 이미 몇 개월을 붙들고 있었으니 솔직히 다시 건드리기도 싫은 심정이었다. 프로그램으로 부분부분 이어 붙인 연주를 한 번에 매끄럽게 연주해야 하는 것도 버거웠다. 그러나 단 이틀만에 여덟 곡이나 했다는 사실을 깨닫는다. 혼자 했으면 그 정도 양을 녹음할 수 있었을까? 어림없다. 게다가 어디쯤에서 녹음을 멈춰야 할지도 몰랐을 것이다. 누군가가 듣고 '이 곡은 일단 되었다'고 하니까 됐다고 생각하는 것이지.

그간 거쳐 온 작업 시간과 요 며칠 사이 작업 시간의 차이가 에너지의 흐름을 이토록 뚜렷이 보여 준다. 그나저나 나는 프로듀서에게 얼마나 에너지를 줬는지 모르겠다.

새로운
폭풍에
휩쓸리지   극소수에
않고   지나지
                    자신의   않았다.
                    정체성을
                    지키는
                    데
                    성공한
                    사람은

065

장승일, 『상송을 찾아서』
(여백, 2010)

이미 익숙한 자리를 옮기라고 하면 꿋꿋이 버티는 사람도 있고 화를 내며 항의하는 사람도 있을 것이다. 나는? 별수 없이 일어나 자리를 옮길 것 같다.

그런 성격 때문인지 변화하는 음악 시장에서 지극히 소극적인 태도를 보여 왔다. 프로듀서나 지인의 조언을 참고한 게 내가 한 전부였다. 작품을 발표하는 환경도 변했고, 심지어 내 작업을 담는 매체도 변하고 있다. 물론 불안감이 없진 않다. 그저 내 욕구가 주로 작업에 한정되다 보니 그 이상은 신경 쓰지 못할 뿐이다.

운이 좋아 아직은 작품을 발표할 기회가 있다. 그러나 그 기회도 내가 생각하는 것보다 위태위태한 상태일지 모른다. 미리 준비를 해야 할지 모른다. 그러나 꾸준히 할 수 있는 한 가지에 집중하는 것도 하나의 전략일 수 있다. 당장 짐을 싸서 나가야 할 때 수첩 하나만 챙기면 되는 그런 상태랄까.

나는 글과 음악, 번역 등에 다양하게 관심을 두고 있지만 그 자체가 핵심이라고는 생각하지 않는다. 청소년기부터 가져온 내 관심의 원형은 무언가를 만드는 것이다. 가령 나는 내가 인디신에서 음악가로 활동하며 간간이 책을 쓰고 마감을 지켜 가며 살지 몰랐다. 이 일들은 내가 변화하는 환경을 예상하고 택한 것이 아니었다. '만들기'라는 원형을 품은 채 내 시대의 일들을 다양한 방식으로 경험하게 된 것일지 모른다.

나는 사진과 영화, 음반이 이제 막 발명되던 시대의 예술가를 떠올린다. 변화의 시기마다 승자와 패자가 있었다. 도태된 사람들과 새로운 물결을 선도한 사람들이 있었다. 그러나 나는 그런 갈림길보다 축음기에서 LP로, CD와 스트리밍으로 바뀌며 계속 플레이되는 음악들을 생각한다.

학생:
선생님은
언제나
그런
것을
생각하며
칩니까?

선생:
물론입니다.
그것은
숙달되면
쉬운
것입니다.

송전창(마츠다 마사), 『알기 쉬운 경음악 편곡법』
(길옥윤 옮김. 세광음악출판사, 1990)

가상의 인물을 떠올려 짧은 대화를 나누게 하는 걸 좋아한다. 내가 무언가를 상상할 때 버릇 중 하나인데, 일종의 역할 놀이이기도 하다. 아마 현실의 내가 그다지 적극적이고 신랄하게 말하는 편이 아니어서인 것 같다. 상상 속의 인물들은 훨씬 재치 있고 날렵하게 말한다.

「불편한 식탁」이라는 곡도 그렇게 만들었다. 나는 불편한 일이 있어도 노래 가사처럼 "내가 당신 사람이라고 생각하진 말아요."라고 냉정하게 말하지 못한다. 그건 마음속 인물이 하는 말이다. 상상 속에서 나는 한 걸음 더 나아가 본다.

화자는 "미안하지만 제가 '예'라고 한 적 있었나요?"라고 말하고, 뒤이어 "생각을 좀 해 봐야 생각이 같은지 알잖아요."라고 말한다. 노래를 들은 사람들은 내 성격에 원래 그런 면이 있냐며 놀란다. 또 내가 웃고 있지만 꽤나 불편한 거 아니냐고 묻기도 한다. 그러나 이건 노래 속 화자를 통해 과장한 나다. 누구에게나 있을 약간의 감정을 허구로 증폭시킨 것이다.

나는 이런 가상의 화자를 종종 노래에 썼고, 한결 입체적인 효과를 얻을 수 있었다. 물론 선을 좀 지켜 달라고 직접적으로 쓸 수도 있다. 그러나 가상의 주인공이 있으면 노래 속에 좀 더 유머러스하고 입체적인 공간을 만들 수 있다.

그게 내 소심함이 만든 버릇에서 나왔다는 점이 재미있다.

내가   속상한
쓴   마음이
문장에   드는
고칠   것과는
부분이   별개로,
그렇게
많다는
사실에

097

노지양·홍한별, 『우리는 아름답게 어긋나지』
(동녘, 2022)

'누군가의 도움으로 마음껏.' 창작자로서 종종 품는 고약한 욕망이다. 아마 이기적으로 여겨질 것이다. 그래서 꼭 이기적이기만 한 것은 아니라는 입장에서 해명을 해 볼까 한다.

나는 글이든 음악이든 발표하기까지 여러 사람의 도움을 거친다. 특히 프로듀서나 편집자의 적극적인 의견도 듣는다. 그들은 내 초고나 데모를 잘 검토하고 장단점을 판단한 다음 장점이 잘 부각되도록, 대중에게 더 선명히 다가가도록 전략을 짠다. 나는 거기에 수긍하고 욕심을 덜기도 하면서 완성해 나간다.

창작자가 아닌 사람에게는 꽤 바람직하고 이상적인 과정으로 들릴지 모른다. 그러나 이건 자아를 살짝 내려놓는 일이다. 처음 작품을 발표할 무렵에는 결코 간단하지가 않았다. 가령 노래의 경우 누군가가 내 곡에 손을 대거나 뭔가를 덧붙이려는 '전략'에 거부감을 느끼곤 했다. 그렇다고 '내 장점은 내가 알아'라고 할 만큼 자존감이 높지도 않았다. 거부감에 자기 의심까지 겹쳐 내 심정은 참으로 암울했다.

그때는 왜 그랬을까? 조금 거칠어도 한번쯤 내 자아의 가능성을 보고 싶었기 때문이다. 창작자로 거듭나려면 일단 혼자서 세상이란 거울에 자신을 비춰 봐야 했다. 어느 시기가 되면 부모의 손길을 거절해야 하는 청소년처럼. 운 좋게도 나는 내 의도가 너무 가려지지 않을 만큼의 여러 도움과 배려를 받았다. 그래서 내 장점도 단점도 깨달으며 협업하는 단계로 넘어올 수 있었다.

많은 대중문화 창작자가 시작부터 복잡한 시스템을 거친다. 데뷔가 성공적이어야 작업을 계속해 나갈 수 있으니 다들 혼자 하는 건 위험하다고, 무리라고 말한다. 그러나 나는 창작자의 자아가 겪는 고민을 이해한다. 자신의 모습을 온전히 본 적 없는 자아는 결국 아쉬움이 남을 수밖에 없다. 요즘도 내 자아는 종종 '누군가의 도움으로 마음껏' 앞에 나서고 싶어 한다.

욘나는
거듭
액자들을
걸었다가
떼었다가를   망치질로
반복했고,   새로운
                시대를
                열었다.

토베 얀손, 『페어플레이』
(안미란 옮김, 민음사, 2021)

몇 년 전 선배의 작업실에 반도네온 수리 전문가가 몇 달 머문 적이 있다. 유학 중에 잠시 귀국한 그는 국내 연주가가 맡긴 악기를 수리하며 간간이 워크숍을 열었다. 마침 하루짜리 워크숍을 열 예정인데 들어 보겠냐고 했다. 마음이 움직였다. 언제나 무언가를 만들고 고치는 일에 관심이 많았기 때문이다. 그렇게 해서 반도네온도 없는 내가 반도네온 수리 과정을 듣게 되었다.

가장 인상적이었던 것은 예민하고 복잡해 보이는 악기도 뜯어 보면 별게 없다는 사실이었다. 나무와 철, 가죽이 전부였다. 긁어내고 붙이고 두드리는 등 수리하는 모습도 소박해 보였다. 동시에 그 작업을 몹시 진지하게 한다는 점이 흥미로웠다. 우리는 한 단계 한 단계를 어떻게 다루느냐에 따라 달라지는 결과를 목격했다. 간단해 보이는 모든 과정에도 수많은 선택지가 있고, 그 하나하나에 집요하게 심혈을 기울여야 한다는 것 또한 알았다. 그 하나에서 품질의 차이가 나오고, 장인이 탄생하고, 학교의 교육과정이 생기는 것이구나 싶었다.

말이 수리 워크숍이지 모든 과정을 하루에 배울 수는 없었다. 그저 이런 세계도 있구나 하며 다큐 프로그램을 보듯 구경했을 뿐이다. 그래도 느끼는 바가 많았다. 무엇보다 장인정신에 대해 한 가지 깨닫게 되었다. 같은 것을 같지 않게 다루는 것.

그 하루의 경험은 지금도 기분 좋게 남아 있다. 꼭 반도네온이 아니더라도 비슷한 악기를 보면 한 번 더 관심이 간다. 지금도 기회가 된다면 내 삶의 어느 영역을 좀 더 장인정신을 갖고 대해 보고 싶다. 같은 것을 같지 않게 다루기.

날씨가
근사하면
할
일을
좀
미뤄   산책을
두고   했다.
             그럴
             수밖에
             없는
             동네였다.

정멜멜, 『다만 빛과 그림자가 그곳에 있었고』
(책읽는수요일, 2022)

'창작하는 일에 대한 동경'을 깰까 봐 잘 얘기하지 않지만, 솔직히 창작하는 일이 마냥 재미있거나 신나지는 않다. 지금 해야 하는 몇 가지 작업을 떠올려 본다. 그 일이 즐거운가? 그렇지만은 않다.

이유는 긴장 때문이다. 창작이 일인 이상 아무 때나 맘 내킬 때 할 수는 없다. 대부분 마감이 있고, 또 어느 정도 잘해야 한다. 협업자와의 약속도 지켜야 한다. 결과물에 대한 평가와 자존심, 작업자로서의 윤리도 얽혀 있다.

나는 평소 미미한 전류처럼 흐르는 긴장의 본질이 뭘까 생각해 보았다. 잘해 나가고 있음에도 마음 한편으로 제대로 못하면 어쩌나 하는 가정을 하기 때문인 것 같다. 기한 내에 아무것도 떠오르지 않아 약속을 지키지 못할까 봐 불안해한다. 그런 경우는 잘 없는데도.

불안해할 시간에 조금씩 해 나가는 게 낫다는 걸 안다. 그러나 마음은 그러지 못한다. 수시로 부정적인 상황을 가정하고 순조로워도 모자랄 작업에 브레이크를 건다.

요즘 들어 창작 환경을 즐겁게 만드는 것의 중요성을 생각한다. 모든 게 마냥 즐거울 순 없지만 그래도 이왕이면 재미있고 보람된 일로 기억되는 게 좋지 않을까. '잘 버텼다' '많이 했다'는 바라지 않는다. 일의 수고로움을 인정받으려고 하는 일이 아니다.

어차피 세상은 바쁘고 모든 작품을 의도대로 들여다봐 줄 여유도 없다. 보람보다 회의가 드는 일이 많은 게 당연하다. 그렇다면 세상이 몰라주더라도 스스로 해 볼 만하고 재밌었다는 기억을 꾸준히 남기는 게 좋지 않을까?

나는 바짝 다가온 일정과 꾸역꾸역 해 나가야 하는 일 사이에서 조금이라도 과정을 즐겁게 만들어 보려고 애쓴다. '이렇게 작업하고 있다니, 얼마나 다행이야'라는 마음으로.

단순한　　　　　마치　　　　　기록해
방명록에　　　　비밀스런　　　놓은
불과한　　　　　회의　　　　　녹취록처럼
것일지라도　　　기록이나　　　야릇한
거기에　　　　　역사적　　　　흥분을
적혀　　　　　　사건을　　　　느끼게
있는　　　　　　생생하게　　　하기에
내용은　　　　　　　　　　　　충분했다.

070

김진송, 『장미와 씨날코』
(푸른역사, 2006)

세 번째 앨범을 작업하던 시기에 나는 우리 시대의 온갖 징후를 수집했다. 매일 뉴스를 채우는 우울한 사건들, 미세먼지에 대한 보도, 누구나 영향을 받는 동시대의 정서를 그러모았다.

앨범은 가상의 인물이 우울한 서울 시내를 한나절 배회하는 콘셉트였다. 나는 주인공이 갈 만한 장소를 상상하며 곡을 썼는데, 집 근처와 시내 패스트푸드점, 천변과 지하차도 등이었다. 그러나 전체 흐름에서 연결점이 되어 줄 한두 곡이 잘 떠오르지 않았다.

그때 실마리를 준 것이 한 음악페스티벌 계약서였다. 대부분 자세히 살펴보지 않는 뒷장의 한 조항이 유난히 우스워 재미로 스크랩해 둔 것이었다. '불가항력'이라는 그 조항은 일어날 수 있는 재난을 유난히 장황하게 나열하고 있었다. '출연자의 사망이나 질병, 지진, 화재, 수해, 기타 천재지변으로 인한 공연장의 일부 또는 전부의 멸실, 전쟁, 내란, 폭동, 전염병의 창궐, 기타……' 게다가 나름의 운율마저 느껴져 꾸준히 재난의 목록을 다듬는 이가 있나 싶을 정도였다.

그러나 나는 거기 명시된 재난 대부분이 우리 시대에 실제로 일어났던 일이라는 걸 알게 되었다. 몇 년 사이 화재와 수해는 물론이요, 질병과 지진이 있었고 세계 곳곳에서 전쟁과 내란이 계속되었다. 모두 습관처럼 종일 포털 뉴스를 보는 내게 심리적인 영향을 주던 사건들이었다.

나는 가사 속 주인공이 우체국에서 계약서를 보내려다 다시 꺼내서 한번 읽어 보는 장면에 그 조항을 참고했다. 실제 조항에 담긴 운율을 살려 멜로디를 만들고 재난의 일부를 가사에 인용했다.

곧 '계약서'라는 제목의 짧은 데모가 프로듀서와 연주자에게 넘어갔다. 비로소 수록곡이 모두 정해져 본격적으로 녹음을 시작할 수 있었다.

이교숙
선생님이
내
소속사인
'화양'의
사무실로
찾아왔다.

선생님은
직업
음악인을
상대로
교습생을
모집했다.

가뜩이나
음악
이론에
목말라하던
터라
망설임
없이
선생님의
문하로
들어갔다.

신중현, 『내 기타는 잠들지 않는다』
(도서출판 해토, 2006)

지방 공연을 마치고 숙소에 들어와 TV를 틀자 오래된 영화 『아마데우스』를 방영하고 있었다. 뻔히 아는 내용인데도 다시 보게 되었다. 반짝이는 선율이 머릿속에 가득한 모차르트가 죽음을 앞두고 침대에 누워 그를 질투하던 살리에리에게 선율을 받아 적게 하는 장면이었다.

폭발하는 영감을 받아 적는 건 영화 속 음악가들의 공통된 모습이다. 배우의 입에서 우리가 아는 명곡의 첫 소절이 흘러나오고 곧 풍성한 사운드로 변하며 차트를 휩쓴다. 그리고 열광적인 공연과 스타가 되는 장면이 이어진다. 예술가의 이런 이미지는 낭만주의 시대에 시작되었다고 한다. 그 이전 예술이 기존 관습을 잘 엮는 솜씨의 영역이었다면, 낭만주의 시대에는 신의 음성을 듣는 예언자의 능력처럼 신비화된 것이다. 음악영화는 이런 낭만주의를 이어 가고 있다.

곡을 쓰는 입장에서 나는 이런 장면이 반은 진실이고 반은 거짓이라 생각한다. 음악가의 머리에 불현듯 선율이 떠오르는 건 진실이지만, 백지에서 떠올리는 것처럼 묘사한 것은 거짓이다. 이미 음악가라면 머리가 백지일 리 없기 때문이다. 더구나 모차르트 같은 천재도 어릴 때부터 당대의 연주법과 스타일, 작곡을 공부했다. 독학으로 작곡을 하는 록의 천재들도 긴 시간 음반을 듣고 밴드를 하며 음악 문법을 익힌다. 이런 학습 과정이 영화에서는 생략되곤 한다.

나는 예술도 하나의 언어라고 생각한다. 예술의 언어를 배우다 보면 어느 순간 유창해진다. 물론 유난히 유창한 예술가도 있다. 그러나 그 언어는 가르칠 수 없다고, 타고나야 한다고, 따로 문법이 없다고 말하는 건 과장이다.

어쨌든 이 역시 모차르트보다 살리에리에게 공감하는 한 예술가의 생각인지도 모르겠다.

155

"나에게
행복이란,
이른
아침   작업실로
자전거를   가는
타고   길이었습니다."

072

브루스 잉먼·라모나 레이힐, 『딕 브루너』
(황유진 옮김, 북극곰, 2021)

내 주변의 많은 음악가가 별도의 작업실을 갖추고 있다. 돈이 넉넉해서가 아니다. 작업을 위한 최소한의 조건이라 생각하고 투자하는 것이다. 반면 나는 지독히 투자를 안 하는 음악가였다. 데뷔한 지 15년이 되도록 어떻게든 집에서 작업을 했다. 밴드가 아니어서 큰 소리를 낼 일이 없는 데다 종종 합주나 앨범 녹음을 해야 하면 대여 합주실이나 전문 스튜디오를 이용했기 때문이다. 그렇게 계속 집에서 버텼다.

한술 더 떠 책 작업도 시작했다. 책과 악기, 생활과 작업이 뒤엉킨 삶이었다. 결혼하고 아이가 생기니 더는 그렇게 살 수 없었다. 그래서 친구들과 공동 작업실을 마련했는데, 작업실과는 영 인연이 없었는지 이런저런 사정으로 몇 번 가 보지도 못하고 계약이 끝났다.

역시 창작자인 아내와 동네에 조그만 방을 빌린 게 3년 전이었다. 우린 육아 때문에 먼 곳은 곤란해 10분 거리에 방 한 칸을 빌렸다. 방음이 되지 않아 스튜디오로 쓸 만한 곳은 아니었다. 그저 책상 하나를 둔 집필실로 생각하고 수시로 기분 전환이라도 하러 오갈 작정이었다. 그러나 작업실은 기대보다 더 큰 활기를 주었다. 생활과 작업 사이에 10분의 거리를 둔 것만으로 기분이 달라졌다. 항상 모든 게 손 닿는 데 있어야 한다고 생각했는데 점점 기타나 노트북을 그곳에 두고 오는 일도 많아졌다. 공연 전에 마음을 가라앉히러 들르기도 했고, 작업실까지 슬슬 걸어가는 맛도 알게 되었다.

그리하여 지금 나는 딕 브루너 부럽지 않은 삶을 살고 있다. 물론 사진으로 본 브루너의 작업실은 훨씬 컸지만, 최근 비슷한 점 하나가 생겼다. 집 근처에 따릉이 보관대가 생겨 자전거로 작업실에 가는 즐거움을 누리게 된 것이다.

50퍼센트 정도 완성한 단계에서는 어떤 정보가 부족하고 무엇을 조사해야 하는지 살펴볼 수 있다. 납품까지 아직 시간이 있기 때문에 충분히 대응 가능하다.

고야마 류스케, 『재택 HACKS』
(이정환 옮김, 안그라픽스, 2020)

073

모든 일에는 보이지 않는 문턱 같은 게 있다. 아무 때나 시작해도 되지만 좀처럼 시작할 엄두가 나지 않는다. 시작이 반이란 말이 괜히 있는 게 아니다. 물론 성격에 따라 모든 걸 정리하고 차분해졌을 때에야 시작하는 사람도 있다. 그러나 나는 그렇게 하면 초조함만 커진다. 기다린 만큼 일할 시간도 줄어들고 말이다.

그러나 어떤 일이든 섣불리 하는 것은 좋지 않다. 특히 순서 없이 닥치는 대로 하다 보면 어느새 일벌레가 되어 버린다. 여유를 갖되 너무 늦지 않게 시작하는 게 최선이다.

나는 일단 첫 삽을 떠 두는 편이다. 번역할 책을 맡든 컴필레이션음반에 실을 곡을 의뢰받든 마찬가지다. 일단 시작이라도 해 두면 효과가 있다. 시작부터 완벽하려 하지 않고 '슥' 해 두는 것이다. 물론 성격에 따라 '슥 들어가기'에도 연습이 필요하지만.

이렇게 첫 삽을 떠 보면 작업의 난이도도 알 수 있고 완성하는 데 시간이 대략 얼마나 걸릴지 감도 잡힌다. 또 조금 시작해 둔 게 있기에 압박감도 줄어든다. 얼마 뒤 방향이 잡히면 속도를 내기 시작한다.

앨범처럼 호흡이 긴 음악 작업은 프로듀서와 의견을 주고받으며 에너지를 조절한다. 가끔은 탁구 같은 느낌이 들 때가 있다. 스케치를 보내고 좋은 반응이 오면 좀 더 작업해 던져 본다. 혼자 판단이 안 설 때는 두 개의 가안을 보내 의견을 듣고 좋은 쪽으로 진행한다.

일의 과정은 어차피 비슷하지만 한정된 에너지를 잘 안배하려고 여러 시도를 해 보는 것이다.

사건들이
우리에게
갖는   반드시
중요성은   시간
                 순서와는
                 관련이
                 없으며,

074

유도라 웰티, 『작가의 시작』
(신지현 옮김, 엑스북스, 2019)

새 앨범에는 주로 최근에 쓴 곡을 싣지만, 한두 곡쯤은 만든 지 오래된 곡을 넣기도 한다. 보통은 프로듀서가 나조차 잊고 있던 곡을 기억해 두었다가 어떠냐고 물어보는 경우가 많다. 작곡자 입장에서는 노래를 썼던 시기의 경험이 떠올라 오래된 미발표곡은 유통기한이 다한 것처럼 느껴지기도 한다. 그러나 괜찮을 거라는 말에 새로운 시각에서 다시 들어 보곤 한다.

최근 앨범에 실린 한 곡은 거의 10년 전에 만든 것이었다. 애초에 다른 음악가를 염두에 두고 쓴 곡이었는데 그 계획이 무산되었다. 그 뒤로도 그 곡은 내 앨범에 싣지 않았다. 왠지 다른 곡들과 연결되는 느낌이 아니었다. 그런데 이번 앨범에서 전체 곡을 하나로 묶어 줄 추가 곡을 고민하던 중에 이 곡이 쓱 들어오더니 타이틀곡이 되어 버렸다.

재미있는 것은 그 곡의 내용이다. 가사에는 팬데믹을 상상도 못했던 시기에 보았던 풍경이 담겨 있었다. 그런데 이번에 녹음해 들어 보니 마치 다사다난했던 지난 몇 년을 담은 느낌이 났다. 노래에 새로운 의미가 더해진 셈이다.

나는 이 곡이 발표 타이밍을 놓쳤다고만 생각했다. 그러나 지금은 늦게 발표한 것이 어쩌면 다행인지 모른다는 생각이 든다. 그사이 곡을 더 깊이 바라볼 여유가 생겼고, 시간이 흐른 덕분에 더 섬세하게 편곡할 수 있었다.

한창 따끈따끈할 때 발표해야 에너지가 살아나는 곡도 있지만, 이렇게 몇 년을 기다려야 어울리는 자리가 생기는 곡도 있다.

우리
셋은
4번
애비뉴의
헌책방
골목에서

먼지
쌓인
진열대를
돌아다니며
물건을
골랐다.

075

패티 스미스, 『저스트 키즈』
(박소울 옮김, 아트북스, 2012)

책을 좋아하지만 독서광은 아니다. 그저 책방에 가서 책을 고르는 것을 좋아한다. 별다른 목적은 없다. 오래전부터 그래 왔을 뿐이다. 책을 쓰니 연결점이 좀 있는 것도 같지만 집필에 참고할 거리를 찾으러 책방에 가는 경우는 별로 없다. 마찬가지로 음반 가게가 아직 많았을 때에는 음반을 보러 가는 것도 좋아했다. 그때도 작업에 참고할 음악을 둘러보러 간 적은 없다. 그저 소비자로서 구경하고 고르고 소유하는 것이 좋았을 뿐이다. '영향받은 작품'에 대한 질문을 받을 때면 그래서 조금 허전하다. 딱히 어떤 작품에서 영향을 받아 글을 쓰거나 하진 않기 때문이다. 그때그때 뭐가 좋더라고 얘기하긴 하지만, 영향받은 작품은 솔직히 지금까지 본 모든 작품이라 할 수 있다.

목적 없이 책과 음반을 구경하는 습관에서 덤으로 얻은 게 있다면 '감'이다. 옷을 고르든 장난감을 고르든 오랜 시간을 들여 온 사람의 감은 금방 얻을 수 없다. 켜켜이 몸에 밸 시간이 필요하기 때문이다. 예술 작품처럼 딱히 정답이 없는 세계에서 유일한 기준은 자신의 감이다. 창작자는 대부분의 시간 동안 혼자 무수하고 자잘한 선택을 해 나간다. 이어질 문장이나 음을 고를 때 그 선택은 몸에 밴 기준에 의해 이루어진다. 즉 감으로 어울리는지 아닌지를 곧바로 결정한다.

좋은 작품을 만들려면 '많이 보고 많이 들어야 한다'고들 하는데, 감은 며칠 사이에 익힐 수 있는 게 아니니 평소에 익혀 두라는 얘기 아닐까? 물론 창작은 감으로만 하는 것이 아니다. 그러나 확실한 건 매 단계 자신의 감으로 선택한 것의 총합이 작품이라는 사실이다.

원시과학자는
시인과
예술가가
그렇듯
감각을 　　　세계의
통해 　　　　질서를
　　　　　　아주
　　　　　　훌륭하게
　　　　　　인식한다.

보리스 와이즈먼·주디 그로브스, 『레비스트로스』
(박지숙 옮김, 김영사, 2008)

'뭘 먹으면 잘 먹었다는 소리를 들을까'라는 표현이 있다. 아무도 잘 먹었는지 평가하지 않는데 혼자 뭔가를 의식하는 듯한 재미있는 표현이다. 작업에도 비슷한 점이 있다. '뭘 집어넣어야 잘 만들었다는 소리를 들을까'라는 생각을 습관적으로 한다. 꼭 발표 후의 평가를 의식하는 건 아니다. 보고 듣는 입장에서는 별 차이 없을 것도 많이 고민하기 때문이다. 연주할 곡의 순서를 잡는 것, 페이드아웃이 시작되는 지점과 그 길이를 정하는 것, 글의 내용 상 중요하지 않은 단어 하나를 바꾸는 것. 하지만 이런 사소한 부분이 의외로 작업에 많은 영향을 준다. 또 이런 부분이 해결되어야 비로소 작업이 풀리는 경우도 많다.

나는 보통 몇 년에 걸쳐 다른 시점에 다른 계기로 쓴 곡들로 앨범을 만든다. 곡을 그럴싸하게 배치하는 방법에는 여러 가지가 있다. 다양한 리듬의 곡을 골고루 섞는다든지, 비슷한 분위기끼리 묶는다든지, 두 곡의 끝과 시작 부분이 절묘하게 이어지도록 배치한다든지. 그러나 이 모든 방법이 억지스럽고 형식적으로 느껴지는 게 문제다.

어차피 시리즈로 만든 곡들도 아닌데 혼자서 잘 이을 방법이 떠오르길 기다린다. "어떻게 연결해야 이야기 같다는 소리를 들을까?" 이게 또렷해지지 않으면 작업은 지연된다. 한참을 다시 보고 바꿔 보다 어느 날 '이건 하나의 이야기다'가 뚜렷해진다. 그때부터는 남이 뭐라든 고집할 마음이 생긴다. "저는 이렇게 하겠습니다!"

어쩌면 '뭘 하면 잘했다는 소리를 들을까'라는 표현은 타인이 아닌 자기 내면의 기준을 의식하는 건지도 모르겠다. 아무거나 선택하지 않는 자기 자신을 의식하는 표현 말이다.

구겨진
종이를
반듯하게
펴는
일이라든가,

떨어진
낱장을
다시
붙이는 일,

아니면
작업할
책을
분해하는
일
같은
것.

재영 책수선, 『어느 책 수선가의 기록』
(위즈덤하우스, 2021)

너무 욕심을 내는 게 아니었다고 매번 깨닫는다. 몇 시간 작업하러 가면서 혹시 기분에 따라 손댈지 몰라 여러 일감을 챙긴다. 역시나 실제로 다 하는 경우는 없다. 여행 갈 때나 명절 때 들고 가는 일감 같은 것이다. 계획은 조금 간소한 게 낫다. 그래야 뭐부터 할지 고민도 줄어들고, 거뜬히 마친 다음 산뜻한 기분을 낼 수 있다.

나는 책을 읽다 마지막 몇 페이지를 남겨 두는 습관이 있다. 졸린 눈을 비비며 마저 읽을 수도 있지만 그러면 흐지부지 읽게 된다. 아쉬워도 그냥 남겨 두었다 다음 날 맑은 정신으로 읽으면 완독하고 난 기분이 훨씬 산뜻하다.

창작하는 일은 끝이 애매해 의외로 일중독이 되기 쉽다. 아무리 해도 끝난 것 같지 않고 덜 하면 불안감이 밀려온다. 그래서 조금씩 꾸준히 하는 게 정신 건강에 좋다. 가뿐히 해낼 정도, 살짝 보람될 정도.

그러나 몇 년에 걸쳐 대여섯 가지 작업을 동시에 진행할 때가 있다. 그런 경우 길을 잃으면 정말 엉망이 된다. 아무것도 완성하지 못하면서 어느 작업도 진전이 없어 보이기 때문이다. 게다가 글이나 음악은 하루치 분량으로 나누기가 쉽지 않다. 그럼에도 꾸역꾸역 나눠 본다. 그래야 '한 것도 없이 굉장히 피곤한' 나날을 피할 수 있다.

요즘은 하루에 두 가지 작업을 했으면 충분하다고 생각하며 쉰다. 그리고 진행한 내용을 기록한다. 몇 페이지, 어느 부분 편곡 추가, 어느 곡의 기타 파트 수정, 이런 식으로. 그래야 계속 나아갈 수 있다. 안 그러면 앞으로 갔다 뒤로 갔다 매 순간을 불충분한 기분으로 보내게 된다. 나에게 적당한 분량을 정하고 작은 보람으로 채워 가는 것이 중요하다.

그
정도로
수정하는　　나중에는
일은　　　　그렇게
　　　　　　많지
　　　　　　않았어요.
　　　　　　—야마와키 유리코

후쿠인칸쇼텐 「어머니의 벗」 편집부, 『그림책 작가의 작업실』
(엄혜숙 옮김, 한림출판사, 2017)

'첫 테이크가 역시 가장 좋더라'는 말이 있다. 처음 불렀던 노래, 처음 떠올랐던 제목, 처음 휘갈긴 글. 이 '좋더라'에는 신선함, 생생함, 자연스러움, 거침없음 등이 담겨 있다. 바로 생명력이.

그러나 첫 테이크에서 그치는 경우는 좀처럼 없다. 무수히 다시 해 보며 완성을 향해 지루하게 나아간다. 왜 첫 테이크를 쓰지 않느냐고? 거기에는 장점도 있지만 완벽하지는 않기 때문이다. 아주 기분 좋게 불렀지만 가사는 온통 얼버무린 노래 같다.

앨범을 녹음할 때에도 비슷하다. 마이크 앞에 서서 첫 테이크를 신경 써서 부르면 프로듀서가 말한다. "오늘 느낌 괜찮은데요? 이대로 가 볼까요?" 아직 녹음 버튼을 누르지 않았다는 뜻이다. 괜찮았던 느낌은 다섯 번 열 번 반복하면서 혼란에 빠지기 시작한다. 이건 이래서 아쉽고 저건 저래서 아쉽다. 결국 뭔가 찾을 때도 있지만, 대부분 얼떨떨할 때 '오케이'가 난다. 많은 음악가가 묻는다. "혹시 처음 것 저장했나요?"

뻔히 아는 사실이지만 그래서 연습을 많이 하라고들 한다. 다시 해도 처음과 크게 다르지 않은 버전이 나오도록. 나는 자신감 있는 연주자를 보면 감탄하곤 한다. 그들은 다 좋아 보일 때도 이렇게 말했다. "저도 좋은데요, 한 번 더 해 볼게요."

나는 하루치 녹음을 마치고 나오며 연습이 부족하다는 생각보다 '첫 테이크가 좋더라'는 통설을 떠올린다. 처음 것으로 할 걸 그랬다는 생각. 괜히 더 잘하려다 데모의 거칠면서도 좋았던 느낌마저 잃어버렸다는 생각. 연습이 충분했다면 다 뒤집고 다시 한다고 했을 것이다. 그러나 다시 하려니 두려움이 앞선다. 오늘만큼도 안 나올 것 같다는 생각.

어서 그런 경지에 이르고 싶다. 괜찮지만 한 번 더 해 보자고 할 때 '좀 더 좋아질 것'이라고 확신할 수 있는 경지에.

벤야민은
한정된   불편한
지면에   상황과
글자를   조건을   하나의
적어   도리어   흥미로운
나가야   글쓰기를   실험으로
한다는   위한   바꾸었다.

079

권용선, 『발터 벤야민의 공부법』
(역사비평사, 2014)

놀이공원에서 긴 줄을 섰다. 후룸라이드가 너무 인기라 한 시간
은 기다려야 한다고 했다. 그래도 타겠다던 아이는 줄 서기를 내
게 맡기고 다른 기구를 타러 가 버렸다. 나는 하릴없이 스마트폰
을 보며 아주 조금씩 앞으로 이동했다. 비까지 몇 방울 떨어지기
시작했다. 스마트폰도 지겨워지자 가방에서 책 한 권을 꺼냈다.
그런데 이상하게 몰입이 잘되었다. 저자가 자신이 책 표지를 디
자인하는 과정을 설명한 부분이었다.

괜히 자극받아 오랜만에 스프링 노트를 꺼내 메모도 했다.
전형적으로 새로운 환경이 주는 효과였다. 야외라 내 관심을 분
산시키는 사물도 없고, 어차피 꼼짝할 수도 없었다. 그러자 그
귀찮은 상황(좁은 줄에서 책을 겨드랑이에 끼고 메모를 해야 하
는)도 감수하며 뭔가를 쓰게 되었다.

그날 쓴 메모는 놀이공원과 무관했다. 오히려 내 심리 상태
와 연관이 있었다. 놀이공원에 오기 직전까지도 앨범 후반 작업
때문에 연락을 받거나 신경을 써야 했던 것이다. 그 메모는 이런
내용이었다.

'네가 완성도에만 전념한다면 사람들은 유행과 홍보의 중요
성을 얘기할 것이다. 반대로 네가 발빠른 감각으로 인기를 얻는
다면 사람들은 기본기의 중요성을 얘기할 것이다. 반대쪽을 가
리키기는 언제나 쉽다.'

내용과 별개로 오랜만에 메모했다는 사실에 기분이 좋았다.
생각과 표현의 균형이 맞춰진 느낌이었다.

어느덧 줄이 꽤 줄어들었고 아이도 곧 돌아오겠다고 했다.
나는 놀이공원에서 종일 줄을 서는 기분에 대해서도 메모했다.

'어른을 따라다닐 때 아이의 기분이 이런 거겠지?'

그는   잃어버릴
결여를,   가능성마저도
망각을,   부정했다.
심지어
단
하나라도

앤 카슨, 『짧은 이야기들』
(황유원 옮김, 난다, 2021)

많은 음악가가 쓰는 방법이 있다. 우연히 떠오른 멜로디를 스마트폰에 녹음해 두는 것. 나도 그럴 때가 있는데, 그중 쓸 만한 것의 비율이 높지는 않다. 심지어 반주가 없으니 길에서 목소리만으로 흥얼거린 멜로디가 집에 와서 들으면 뭐가 뭔지 구별되지 않는 경우도 많다.

우연히 떠오르는 멜로디를 모두 기록할 필요는 없기에 나는 문구점에서 산 오선 노트를 사용한다. 어릴 적부터 악보를 좋아한 터라, 빠르게 채보하진 못해도 피아노나 기타로 확인하면 웬만큼 기록할 수 있다. 악보에는 장점이 있다. 매번 재생해 보지 않아도 된다는 점이다. 다음 멜로디가 떠오르면 그냥 이어 쓰면 된다.

악보는 머릿속에 떠올랐던 미묘한 느낌의 뼈대만 포착한다. 그러나 그게 장점이기도 하다. 녹음본에는 멜로디뿐 아니라 그날의 분위기, 주변의 소리가 섞여 있다. 그래서 때로는 그 녹음 자체가 너무 마음에 드는데 실제 작업에서 재현이 안 되어 어려울 때가 있다. 반면 악보는 애초에 뼈대만 기록하는 방식이다. 뼈대가 좋으면 나중에 멋진 음악으로 살아날 수 있다고 믿는 기록 방식이다.

나는 2년에서 5년 간격으로 앨범을 내 왔다. 곡 수로 보자면 두 달에 한 곡이나 다섯 달에 한 곡을 쓴 셈이다. 이런 속도라면 하늘에서 떨어지는 모든 걸 받아 적으려 안절부절못하기보다 간간이 떠오르는 좋은 아이디어를 잘 다듬는 게 낫다. 물론 모든 걸 받아 적으면 더 많은 곡을 쓰겠지만, 멜로디도 글도 무조건 많이 쓴다고 의미 있는 건 아니니까. 뭐든 떠올려서 더 많은 시간을 채우려고 싱어송라이터가 된 건 아니니까.

그
정도
감당은
하지
않겠어?'

'아니
내가
뭐
어떻게
알아서
하지
않겠어?

이반지하, 『이웃집 퀴어 이반지하』
(문학동네, 2021)

익숙한 곡이라도 공연을 만들려면 대략의 시나리오를 짜야 한다. 긴 공연일수록 그렇다. 곡을 어떤 순서로 배치하느냐에 따라 분위기가 달라진다. 그걸 알면서도 철저한 준비보다는 걱정을 먼저 한다. 어떤 멘트로 시작하고 어떤 흐름으로 이어 갈지를 공연 직전까지 정하지 못할 때도 있다.

지난 여름 제주 공연 때는 비행기를 타고 가는 동안에도, 공연장을 안내받고 식사를 하고 올 때도 정하지 못했다. 가는 동안 오랜만의 비행 경험에 대해 이런저런 잡생각을 하고, 색다른 공연 장소에 감탄하며 사진을 찍기 바빴다.

그러나 내심 계속 긴장한 상태였다. 곧 공연 시간이 다가오고 어쩌면 앞이 캄캄한 상태로 시작하게 될지도 몰랐다. 당황하지 않으려면 어떻게든 공연을 진행할 실마리를 찾아야 했다.

결국 시간이 다가오고 나는 대범함을 택한다. '잘되겠지' 생각하며 건물을 빠져나가 야외무대로 간다. 자리에 앉아 앞을 보니 꽤 많은 사람이 와 있다. 나는 기타 라인을 연결하며 "굉장히 많이 오셨네요."라고 한마디를 한다. 계획했던 멘트가 아닌데 사람들이 웃어 준다. 아무것도 아닌 짧은 한마디에.

그렇게 시작된다. 이런저런 이야기를 해도 되는 호의적인 분위기가. 이날 나는 어느 정도 우연에 맡긴 채 연주했고 분위기는 좋았다. 맞다. 잘 집중해 순간의 감을 따르면 되는 것인지도 몰랐다.

그러나 나는 또 다른 공연을 앞두고 반복하겠지. 책상에 앉아 좋은 흐름이 떠오르길 기다리며 곡 순서를 짜고, 할 말을 준비해야 한다는 압박감을 느끼다 그냥 걸어 나가기를.

면접
때
그분이
제게
질문을
던지기도   제가
전에   먼저
                        많이
                        질문했습니다.

이랑·이가라시 미키오, 『모쪼록 잘 부탁드립니다』
(황국영 옮김, 미디어창비, 2021)

음악가 이랑은 「잘 듣고 있나요」라는 곡에서 자신의 노래를 '질문밖에는 없는 이 노래'라고 표현했다. 그러나 질문은 대단한 것이다. 질문 하나로 많은 생각이 땅속에서 끌려 나오기 때문이다.

나는 첫 앨범에 '음악가, 음악가란 직업은 무엇인가?'라는 질문을 반복하는 내레이션을 넣었다. 질문에 대한 명확한 답은 몰랐다. 그저 직업이 음악가인 내가 '이 이상한 직업은 도대체 뭐지?'라는 물음을 자유롭게 던져 본 것이다. 그런데 많은 대답이 끌려 나왔다. 무의식 속에서, 침묵 속에서. 3분 정도의 질문과 대답으로 이 트랙을 마무리했지만, 사실 더 길게 이어 나갈 수도 있었다.

질문이 하는 역할은 무엇일까? 바로 듣는 이의 머리와 마음을 움직이는 것이다. 듣는 이에는 자신도 포함된다. 스스로에게 질문을 잘 던지면 안 나던 생각도 나기 시작한다.

나는 노래를 쓰는 일이 막막할 때 스스로에게 묻는다. '무슨 노래가 듣고 싶지?' 이렇게도 묻는다. '어떤 노래가 필요하다 생각하지?' 글 쓰는 일이 막연할 때도 묻는다. '지금 네가 쓸 수 있는 게 무엇이지?' 이런 질문이 추상적인 생각을 좀 더 구체적으로 좁혀 준다.

창작이 하나의 발견이라면 무작정 여기저기 파 보기보다 먼저 '좋은 질문'을 던지는 게 필요할지 모른다. 일단 좋은 질문을 던지면 파는 곳마다 연관된 게 끌려 나오기 때문이다. 꼭 기발하거나 독특한 질문일 필요는 없다. 그저 자기 자신을 작동하게 하는 촉매제면 된다. 작은 스파크 같은 것.

그녀에게는
깊이가
없어요.
사실이에요.

나쁘지는
않은데,
애석하게도
깊이가
없어요.

파트리크 쥐스킨트, 『깊이에의 강요』
(김인순 옮김, 열린책들, 1996)

남의 작품에 훈수를 두기는 쉽다. 자기가 들으면 경악할 훈수. 게다가 창작자 스스로 약점이라도 고백했다고 해 보자. 아마 기다렸다는 듯 말하지 않을까. "그래, 나도 그게 부족하다고 생각했어."

창작자는 보통 자신의 약점을 잘 알고 있다. 더 멀리 나아가려면 벽을 넘어야 한다는 것을 안다. 그러나 쉽지 않다. 오래전 창작의 씨앗이었던 것이 벽이 되어 자신을 가로막는다. 왜 못 넘어서냐고? 세상을 보자. 자신을 넘어서기 힘들어하는 사람은 아주 많다.

주변에 "난 이제 좀 지쳤어."라며 창작을 쉬고 있는 이들이 있다. 벽을 넘다가 씨앗마저 잃는 건 아닌가 망설이는 이들도 있다. 그들은 말한다. "나는 그렇게 진지한 예술가는 아닌가 봐." 그런 말을 들으면 창작이 그렇게 고되고 우울한 작업이어야 하나 싶은 마음도 든다.

나는 세상 모두에게 다들 그렇게 벽을 잘 넘어서고 앞으로 잘 나아가는지 묻고 싶다. 그렇지 않다면 "넘어서! 아니면 다른 일을 찾든가."라고 쉽게 말하지 말라고 하고 싶다. 창작자가 창작을 계속해 나가는 건 오히려 신기한 일이다. 아마 이 정도 환경에 이 정도 훈수를 많이 듣는 다른 직업이 있다면 진즉에 사라지지 않았을까?

나는 나 역시 어릴 적 가볍게 보았던 많은 창작자, 또 누구보다 진지했지만 세상 사람들은 전혀 몰랐던 창작자를 이해하게 되었다. 그들의 창작이 부질없거나 자기 과욕이거나 시대착오적인 것은 아니었으리라.

누구나 창작 일의 동기가 된 마음속 씨앗이 있었을 테고, 그 씨앗이 자라자마자 평가를 받았을 것이다. 그리고 그런 평가를 견디며 하나의 벽을 넘기란 결코 쉽지 않았을 것이다.

그
모든
앨범은
1956년
10월
말에
나왔다.

두
세션에서
우리가
만든
음악은
대단한
것이었고,

오늘날까지도
나는
그게
정말
자랑스럽다.

마일스 데이비스, 『마일스 데이비스』
(성기완 옮김, 집사재, 2013)

084

과장을 좀 보태면 여러 곡을 단숨에 쓴 경험이 있다. 어느 날 아침, 나는 A4 용지 몇 장을 가져와 이불을 덮은 채로 앉아 오랫동안 생각했던 장면을 써 내려갔다. 잘 아는 장면이었기에 줄줄 쓸수 있었고(완성도는 무시하고) 몇몇 토막으로 된 메모에 며칠간멜로디를 붙였다(역시 완성도는 무시하고). 그 결과 다섯 곡 정도가 정말 빠른 시일 안에 탄생했다.

단숨에 썼다고 했지만 사실 해를 몇 번 넘기도록 품고 있던아이디어였다. 더 미루다가는 영영 안 쓰겠다 싶었던 어느 날, 종이를 가져와 쓰기 시작한 것만으로 작업이 마무리되었다. 이렇게 할 수 있었다면 왜 그리 뜸을 들였을까.

내가 품었던 아이디어란 단골 카페를 소재로 한 뮤지컬이었다. 카페가 폐업할 즈음 한 시기를 기념할 만한 뮤지컬 작품을 쓰고 싶었고, 단골 중 음악가가 많았기에 곡만 쓰면 편곡과 연주는알아서 될 거라 생각했다. 그러나 나는 곡 쓰기를 미루었고, 주변 상황도 변하기 시작했다. 사람들은 흩어졌고, 작곡의 동기도희미해졌다. 계획을 폐기해도 이상하지 않을 시점까지 미루다뒤늦게 곡을 쓴 셈이다. 난 노래에 각각 「한결 같은 사람」 「뮤즈가 다녀가다」 「시란 말이야」 「그게 다 외로워서래」라는 제목을붙였다.

작곡이 늦어진 바람에 뮤지컬은 실현되지 않았고, 노래는내가 공연 때마다 조금씩 부르게 되었다. 그러다 보니 또 몇 장의앨범에 뿔뿔이 흩어져 담겼다.

이 곡들은 지금도 내가 가장 자주 부르는 노래다. 주요 곡이어느 날 아침에 만들어졌다는 게 참 이상하다. 그럼 대체 아무것도 쓰지 못한 나머지 날들은 뭐였지?

불안감
없이
낚시에
몰두하면서,

시만
써서는
생활이
어려울
수
있다는

고영범, 『레이먼드 카버』
(아르테, 2019)

요즘 나무로 옷장 위에 덧댈 수납 박스를 만들 궁리를 하고 있다. 설계는 이미 해 두었다. 또 이베이에서 틈틈이 악기를 알아보다 리드악기의 종류를 더 잘 알게 되었다. 인도의 하모늄에는 델리 하모늄과 콜카타 하모늄이 있다는 것, 콘서티나에는 앵글로 방식과 잉글리시 방식이 있다는 것 등등. 게다가 매력 있는 피아노 곡을 쓸 수 있을 것 같은 예감도 든다. 당장은 쓸 수 없지만 근사한 도입부를 떠올려 보곤 한다. 시간만 나면 착수할 생각이다.

이렇게 나의 영감은 자연스레 뻗어 나가지만, 문제는 지금 발등에 떨어진 일과는 무관하다는 사실이다. 지금 내 앞엔 싱어송라이터로서의 공연과 앨범 홍보, 몇 가지 원고 집필 작업이 버티고 있다. 모두 내가 선택한 일이다. 그러나 누군가와 약속한 일이고 또 사람들에게 선보여야 하는 일이라 긴장과 부담이 된다. 게다가 영감을 주는 일도 아니다. 내일 공연에서 연주할 곡을 고르는 것은 일종의 아이디어이지 영감과는 상관없다.

하지만 이런 일도 오래전에는 영감에 차서 시작했다. 그저 하나둘 의무와 책임이 생기면서 스르르 영감이 빠져나갔을 뿐이다. 그 영감은 사라지지 않고 다른 일로 옮겨가 가지치기를 하고 있다. 음악도 글쓰기도 아닌 일로.

내가 좀 더 과감한 성격이었다면 지금보다 훨씬 더 '뭐 하는지 모르겠는' 사람이 되었을 것이다. 나는 나 자신을 이렇게 소개했을지도 모른다. "영감에 따른 온갖 일을 하는 사람입니다."

영감은 사라지지 않는다. 그저 내 일상에 가로막혀 있을 뿐이다. 마음을 좀 더 따라가 봐야 할 것 같다.

문학이 　　　　　전달하려 　　　　　오래된
오래된, 　　　　　하는 　　　　　　방법으로
혹은 　　　　　　것이라면, 　　　　전달하려
보편적인 　　　　신문은 　　　　　한다고도
진실을 　　　　　늘 　　　　　　　할
늘 　　　　　　　새로운 　　　　　수
새로운 　　　　　진실을 　　　　　있다.
방법으로

요네하라 마리, 『문화편력기』
(조영렬 옮김, 마음산책, 2009)

086

언젠가 친구와 클래식 음악에 대한 이야기를 나누다가 대중음악을 하는 의미를 돌이켜 보게 되었다. 새로움과 진보라는 측면에서. 이를테면 우리가 아는 클래식 음악의 역사는 형식이나 기법 면에서 전에 없던 것을 창조하며 흘러온 것처럼 보인다. 반면 대중음악은?

오늘날 대중음악은 진보한다기보다 스타일을 어떻게 센스 있게 조합하느냐로 경쟁하는 것처럼 보인다. 대중음악은 혹시 '무에서 유를 창조하는' 예술과 좀 다른 영역인가?

그러나 약간의 착시현상이었다는 걸 알았다. 몇 년 전과 비교해 보면 대중음악은 분명 진화했다. 많은 음악가들이 익숙한 재료를 색다르게 조합해 새로움을 만들어 왔다.게다가 클래식 음악도 세세한 역사를 들여다보면 반복과 모방의 연속이었다. 영웅담처럼 천재 중심의 굵직한 음악가 이야기만 듣다 보니 항상 진보해 온 것처럼 보였던 것이다.

어릴 적 '위대한 예술가의 이야기'에서 접한 예술은 마치 에디슨의 전구처럼 전에 없던 발명품인 것 같았다. 그러나 나는 예술의 역사도 발명의 역사도 그렇지 않다는 걸 알았다. 우리가 아는 봉우리 곁에는 알려지지 않은 작은 산이 있고, 작은 산이 충분히 쌓여 봉우리로 빛난 경우도 많다.

누군가 "대중음악에서 새롭다고 할 수 있는 게 있나요?"라고 묻는다면 이렇게 대답하겠다. "뻔한 것으로 새로운 것을 만들어 내는 게 이 일입니다."

그들의
작업량은
엄청납니다.
집에
있는
CD의   그
대부분을   엔지니어들이
마스터링했을
정도이니까요.

쿠즈마키 요시로, 『홈 마스터링 192』
(최정훈 감수, SRMUSIC, 2009)

앨범 후반 작업 때문에 마스터링 스튜디오에 다녀왔다. 마스터링 작업을 처음 본 건 아니지만 규모가 있는 전문 스튜디오는 처음이었다. 참고로 마스터링은 믹싱이 끝난 음악을 우리가 실제 청취 환경에서 듣는 음악 상태로 '끌어올리는' 작업이다. 그만큼 예민하고 세심한 작업이다.

엔지니어는 몇 가지 원하는 방향을 묻더니 일단 해 볼 테니 듣고 더 얘기해 달라고 했다. 고개를 숙이고 묵묵히 음악을 듣던 그가 잠시 후 빠른 손놀림으로 기능을 하나도 모르겠는 장비의 노브 몇 개를 조정했다. 그렇게 몇 번 조정하고 나자 한 곡이 끝났다. 자기 자리를 내주며 앉아서 한번 들어 보라고 했다.

살짝 바뀐 내 음악을 듣는다. 그사이 엔지니어는 음악이 들리지 않는 복도로 나가 잠시 휴식을 취하고 돌아온다. "좋습니다."라고 하니 "괜찮나요?" 하고 다음 곡 작업에 들어간다.

나는 내 앨범 말고도 하루에 여러 작업을 할 텐데 어떻게 그런 집중력을 유지하는지 궁금해졌다. 귀는 쉽게 피로를 느껴 장시간 정확히 듣기가 힘들다. 그렇다고 그가 최적의 환경에서 몸 관리를 하고 스튜디오에 나오는 것 같지도 않았다. 그래서 작업이 거의 끝났을 즈음 슬쩍 물어보았다. "어떻게 장시간 집중력을 유지하세요?" 아무래도 듣는 훈련이 되어 있어 꽤 긴 시간 집중력을 유지하긴 하지만 오늘처럼 손님이 있으면 긴장해 한결 더 집중하기도 한다고. 혼자 있으면 네 곡 정도 하고 쉬다 와서 다시 한다고.

그다지 새로운 이야기는 아니었다. 그러나 엔지니어가 말하니 왠지 끄덕여졌다. 조금 작업하고 잠시 쉬다 와서 집중력을 다 잡는다. 실천해 볼 의욕이 났다.

그는
자신의
상상력이
단순한
사실적
진실로

오염되는
것을
바라지
않았다.

조이스 캐럴 오츠, 『작가의 신념』
(송경아 옮김, 은행나무, 2014)

오래전 밴드 멤버였던 C가 "그게 다 외로워서 그래."라고 했을 때는 그냥 재미있는 말이라고만 생각했다. 워낙 재미있는 말을 많이 하던 친구였기 때문이다. 당시 주변에 밤사이 엉뚱한 짓(주로 술자리에서의 투정)으로 걱정을 끼치거나 관심을 끄는 인물이 많았는데, C는 너무 신경 쓸 것 없다고 했다. 다 외로워서 그러는 거라고.

이 말을 노래에 담은 것은 훨씬 나중의 일이다. 노래로 만들 생각까진 못했는데, 어느 날 이 말을 떠올릴 상황이 생겼다. 단골 카페에 지인들과 모여 있는데 다른 단골 한 명이 일을 마치고 들렀다. 다들 습관처럼 남자친구도 저쪽에 와 있다고 얘기했는데, 그 사람의 태도가 마치 연극의 한 장면 같았다. 흘끗 남자친구 쪽을 보더니 우아하게 카운터로 직진해 맥주 한 잔을 주문했다. 그리고 친구들에게 그저 외롭고 허전해서 한잔하러 들렀고 그 허전함은 남자친구와 무관하다고 말했다.

나는 이날의 장면을 노래로 쓰기로 했고, 그러자 오래전 친구의 말이 떠올랐다. 동시에 블루스 음악에 관한 다큐에서 어떤 사람이 "이상하게 잠도 오지 않고······"라며 '블루스'라는 오묘한 단어를 설명했던 장면이 생각났다. 외로움과 블루스와 허전함이 하나로 연결되었고, 그것이 「그게 다 외로워서래」라는 노래의 구석구석을 채웠다.

사람들은 종종 노래의 모델이 있느냐고 묻는다. 나는 옛 친구가 어떻고 카페에서 본 누가 어떻고 설명하지만, 사실 모델은 한둘이 아니다. 엇비슷한 경험을 이곳저곳에서 여러 번 하다 보면 눈여겨보게 된다. 그러다 불현듯 '노래로 한번 써 볼까' 생각하게 된다.

약간의   간편한
향신료와   레시피를
아이디어로   소개할
만들   것입니다.
수
있는

어려울
것
없습니다.

나일 요시미, 『카레 쿠킹 북』
(박은영 옮김, 디자인하우스, 2016)

가끔 누군가에게 창작 과정을 이렇게 요약해 주는 상상을 한다.

좋은 노래 쓰는 법: 1. 좋은 노래를 떠올린다. 2. 그것을 쓴다. 참 쉽죠?

이 농담이 짓궂은 이유는 1번도 2번도, 그리고 1번에서 2번으로 가는 것도 다 만만치 않기 때문이다. 마치 요리 프로그램 진행자가 몇몇 재료를 미리 손질해 둬서 요리가 쉬워 보이는 그런 식이다.

좋은 창작법을 단시간에 가르치는 게 가능할까? 나는 교사 체질이 아니어서인지 가끔 창작 워크숍 등을 맡으면 커리큘럼 짜는 단계부터 회의가 들곤 한다. 더구나 워크숍이 시작되면 프로그램은 참여자의 성향에 따라 흐트러진다. 어떤 사람은 딱히 하고 싶은 이야기가 별로 없고, 어떤 사람은 들어 줄 상대를 못 찾아 안달이다. 또 어떤 사람은 근사한 아이디어를 자주 떠올리지만 스스로 구겨 버린다.

나는 이 모든 문제에 해결책을 제시할 수 있는 강사가 아니기에 그저 창작자로서 나의 경험을 돌이키며 유효했던 모델을 함께 해 보았을 뿐이다. 누군가에게는 영감을 주었겠지만 전혀 주지 못했을 수도 있다. 사람은 각각 너무나도 다르니까.

또 나는 단계별로 구성되는 프로그램의 어쩔 수 없는 한계를 안다. 실제 창작은 워크숍처럼 단계적으로 이뤄지지 않는다. 뭔가를 끼적이자마자 노래가 완성될 때도 있고, 매번 떠오르던 이야기의 가치를 10년쯤 지나서야 알아볼 때도 있다.

워크숍에서는 1. 뭔가 떠올리고, 2. 쓰라고 한다. 그러나 나중에는 떠올린 걸 쓰든 쓰다가 떠올리든 상관없다. 창작 과정을 공유할 때야 순서를 얘기하지만, 거기에는 이런 전제가 깔려 있다. "일단 익숙해지면 순서대로 안 하셔도 됩니다."

모든
운동선수,
모든
뮤지션들은
매일   예술가라고
연습해.   다를
                 게
                 뭐가
                 있어?

060

크리스토프 니먼, 『오늘이 마감입니다만』
(신현림 옮김, 윌북, 2017)

이십 대 초반에는 영화 연출이나 시나리오에 관심이 많았다. 그런데 그때는 창작의 상당 부분이 '기술'이라는 사실을 몰랐다. 창작이 그저 '아이디어'인 줄 알았기에 생각을 열심히 메모했고, 언젠가 그것을 이어 붙이면 근사한 시나리오와 영화가 될 줄 알았다.

머지 않아 모든 완성된 작품에는 상당한 기술, 그것도 연마된 기술이 들어가 있다는 것을 알았다. 나는 내가 아이디어만 모았을 뿐 기술은 배우지 않았다는 걸 깨달았다.

얼마 후 나는 노래를 만들기 시작했다. 당연히 노래에도 기술이 필요했다. 한 편의 이야기를 곡과 엮는 법, 효과적으로 들리게 하는 법 등등. 음악을 전공하지 않았지만 많은 이들이 그러하듯 나도 좋은 음악과 동료들의 연주를 통해 기술을 익혀 나갔다.

여기에서 내가 말하는 '기술'은 '기교'가 아닌 '언어'라 할 수 있다. 영화든 음악이든 처음엔 그 분야의 언어를 습득하는 시간이 필요하다. 그리고 일정 시간이 지나면 그 언어를 조금씩 구사하게 된다. 재미있는 점은 이 언어도 외국어 공부처럼 완전히 통달하는 시점이 없다는 것이다. 지금까지 익히고 쌓은 어휘로 더 많은 이야기를 할 수 있고, 더 익히고 쌓으면 더 많이 이야기할 수 있을 뿐이다.

그러나 사람들은 유독 예술에 최상의 결과가 빠르게 나오길 기대한다. 그리고 재능이 없어 보이면 빨리 손을 떼라고 권한다. 그러나 창작에는 시간이 필요하다. 또 많은 예술가에게 활동은 기술과 언어를 연마하는 일이기도 하다.

사람들이 예술을 '좋아서 하는 일' 혹은 '재능만으로 하는 일'이라 생각하는 건 오해다. 혹여 좋아서 시작했어도 배우는 과정은 지난하고 언어처럼 계속 익혀야 한다. 방법을 알아도 체득하지 않으면 소용없다는 점도 언어나 기술과 비슷하다.

꽤
봐줄
만하다.

내
바느질
솜씨는
당연히
장인의
솜씨는
아니지만,

볼프강 M. 헤클, 『리페어 컬처』
(조연주 옮김, 양철북, 2021)

수리 불가 판정을 받은 기타 한 대를 두고 고심하다가 유튜브에서 수리 영상을 찾아봤다. 잘 갖춰진 작업실과 도구, 매 단계마다 깔끔히 해결하는 숙련된 솜씨. 보다 보니 어느덧 '리페어'를 하는 삶을 동경하게 되었다.

악기는 가루가 되어도 고칠 수 있다는 농담이 있다. 장인들의 솜씨가 그만큼 훌륭하다는 얘기다. 언젠가 공연장 한쪽에 잘못 내려놓았다 모퉁이가 깨져 버린 기타를 리페어숍 주인이 고쳐준 적이 있다. 손상 부위가 못 알아볼 정도로 말끔했는데, 정작 주인은 깨졌을 때 튀어나온 미세한 조각들까지 그대로 모아 왔다면 더 나았을 거라며 아쉬워했다.

유튜브의 알고리즘이 나를 기타를 넘어 어느 고가구 명장과 훼손된 도자기를 복원하는 작업실로 안내한다. 그리고 드디어 어느 너저분한 작업실에서 주저앉아 기타를 만드는 노인의 영상으로 되돌아온다. 결론부터 말하면 가장 감동을 준 영상이었다. 기본 작업 순서는 크게 다르지 않았지만 노인의 작업은 매우 거칠었다. 정교하게 다뤄야 하는 줄만 알았던 모든 과정을 거침없이 해 나갔다. 아교로 붙여야 할 곳에 못을 박고, 상감 장식 대신 펜으로 무늬를 그려 넣었다. 그런데도 주문이 많은지 접착이 마르길 기다리는 기타가 바닥에 널려 있었다. 놀라운 일이었다.

재미있게도 댓글을 남긴 이들 중에는 기타 제작과 수리를 하는 사람도 있었다. 그들은 나름 멋진 방식이라는 데 공감하며 연로한 장인의 건강을 기원했다.

나는 한없이 섬세한 세계를 동경하다 전혀 다른 방식의 신선함에 다시 한번 깨어났다. 세상의 어떤 일은 정말 까마득하다. 그러나 또 나름의 방식으로 하면 된다!

내가
그의
책을
보았을
때
어떤   얼마나
기분이었는지,   부러웠는지에
            대해서는
            설명하지
            않았어요.

제임스 설터, 『소설을 쓰고 싶다면』
(서창렬 옮김, 마음산책, 2018)

다른 이의 공연에 가면 내 공연을 떠올려 본다. 자연히 나와 비교하며 나라면 어떻게 할까 생각해 보게 된다. 이 버릇을 거꾸로 활용해 본 적도 있다. 가령 공연에 자신이 없어지고 언제 공연을 했었나 싶은 마음이 들면 다른 사람의 공연을 보러 가는 것이다. 그러면 곧 머리가 돌아가기 시작하고, 곧 있을 내 공연에서 하고 싶은 게 떠오른다. 순전히 보기만 하는 입장이기에 생기는 자신감도 있다. '나라면 지금 타이밍에 이런 멘트를 했을 텐데' 생각하기도 한다. 옹졸하지만 그렇게 자신감을 얻는다.

내게는 동세대의 많은 예술 작품이 그렇게 다가온다. 깜짝 놀라거나 압도되기도 하지만 나를 비추어 준달까. 같은 장르라도 다른 이의 작업에는 언제나 약간의 차이가 있다. 그 차이가 내 작업의 거울 역할을 해 주고 다시 내 작업을 돌아보게 해 준다. 단순히 뭐 좋은 아이디어 없나, 기분 전환 좀 해 볼까 하고 보는 것이 아니다.

심지어 나는 감히 비교할 수 없는 고전을 듣다가도 비슷한 생각을 한다. 가령 비틀스를 듣다가 내 데모를 괜히 한번 들어 보는 식이다. 그러면 정말이지 꼭 초라한 기분만 들지는 않는다. 범접할 수 없는 작품도 때로는 단순하게 들리기 때문이다. 물론 쉽게 따라 할 수는 없지만 모든 연주는 몇 개의 음으로 이루어지고, 많은 노랫말은 우리가 쓰는 일상어로 되어 있다. 즉 단순한 것으로 대단한 것을 창조한 모범 사례를 보며 내 작품에도 희망의 싹이 있지 않을까 생각하는 것이다.

나는 가끔 밤에 전설의 명반을 듣는다. 그리고 슬쩍 폴더 안의 내 데모를 들어 본다. 그러면 내일 당장 더 다듬어야지 하는 자신감이 솟는다.

수십
가지
패턴이
있다.

우리
사이에는

093

이슬아, 『심신 단련』
(헤엄출판사, 2019)

번역 일을 겸하다 보니 전문 번역가가 쓴 번역에 대한 책도 종종 읽는다. 책마다 터무니없는 오역 사례와 번역가라면 갖춰야 할 상식이 수두룩하다. '겸해서' 해도 되는 일인가 주눅이 든다.

처음 번역을 맡게 된 계기는 국내에 소개된 적 없는 작가 잭 캐루악을 소개하고 싶다는 팬심이었다. 그의 『다르마 행려』를 옮기고 나자 연관된 작가들을 맡게 되었고, 차츰 다른 분야도 해 보게 되었다. 번역은 늘 흥미롭지만 잘 된 건지 완전히 알 수 없는 묘한 작업이기도 하다.

나는 번역이란 정답이 없고 원문이라는 이상을 향해 최대한 나아가는 일이라고 생각한다. 흔히 한 판본을 '결정판'이라 꼽곤 하지만 번역자마다 접근법이나 중시하는 점이 다르다.

대학 때 들었던 번역 수업 교수님은 우리가 한 번역을 첨삭하는 대신 번역 의도를 발표하게 했다. 번역의 본질을 알려 준 좋은 수업이었다고 생각한다. 나는 늘 어느 정도 의미가 확실해지면 되도록 원문의 호흡을 살리는 쪽으로 번역해 왔다. 문장에서 느껴지는 장단 같은 것. 누군가 내게 음악을 해서 그런 거냐고 묻던데, 원문을 음악이라 친다면 나는 그 리듬을 읽고 잘 붙는 우리말을 고르는 쪽으로 번역해 온 것인지도 모르겠다.

번역 얘기를 한 건 섬세한 노력을 필요로 하면서도 답이 없는 영역도 있다는 얘기를 하고 싶어서다. 정해진 글을 옮기는 데에도 수많은 방법이 있다. 그 안에서 각자 기준을 잡고 최선을 다할 뿐이다.

한번은
그
녀석이
'잡지를
내려고
하는데
시
좀
써
줄래'

하면서
꼬드기는
거예요.
그래서
써
보니까,
어찌어찌
시
비슷한
것을

쓸
수
있길래
재미가
붙어서
계속했다……,
그런
느낌이었습니다.

다니카와 슌타로, 『시를 쓴다는 것』
(조영렬 옮김, 교유서가, 2015)

오래전 가사 워크숍에서 '필요한 노래'라는 말을 한 적이 있다. 근사한 것 말고 필요한 것을 써 보자는 취지였다. 주변을 둘러보며 뭔가 부족한 지점을 찾고 거기에 어떤 노래가 필요한지 떠올려 보는 것이다. 수강생들은 밤길을 걸을 때 필요한 노래, 집에 혼자 있을 때 필요한 노래 등을 썼다. '필요한 것'은 '근사한 것'보다 구체적이라 좋은 출발점이 된다. 예술을 실용의 관점으로 재단하는 건 위험하지만 가끔 '필요'라는 관점도 필요하지 않을까? '근사한 것'이야 이미 예술과 너무 가까우니 말이다.

내 경우 여러 가지 필요가 창작의 동기가 되어 왔다. 살면서 무언가 채워야 할 심리적 필요가 있어 그간 노래를 만들어 왔던 것 같다. 또 종종 좋은 취지의 컴필레이션음반에 필요한 노래를 쓰기도 했다. 오래전에는 친구들과 결성한 밴드의 노래가 필요해 기타를 연습하고 작곡을 했다.

사람들이 악기를 꾸준히 배우지 못하는 이유는 당장 필요하지 않기 때문이다. 만약 다음 달에 작게나마 공연하기로 한 파티가 있고, 함께할 멤버가 기다리면 어떻게든 연습을 하게 된다. 내가 그랬다. 밴드 활동을 했기에 곡이 계속 필요했고, 첫 앨범을 만들 '필요'도 생겨 났다.

지금 내 앞에는 연습을 위해 뽑아 둔 들국화의 「축복합니다」악보가 있다. 가사를 가만히 읽어 본다. 이 유명한 곡도 어쩌면 사적인 축하 자리에서 필요해 만들지 않았을까 상상해 본다. 필요해서 만들었는데 근사해진 노래가 아닐까.

쓴다는
것은　　　　　　말을
　　　　　　　공간에
　　　　　　　멈추는
　　　　　　　일이다.

월터 J. 옹, 『구술문화와 문자문화』
(이기우·임명진 옮김, 문예출판사, 1995)

책이나 앨범처럼 분량이 긴 작업은 반짝이는 영감만으로 해낼 수 없다. 반짝이는 순간은 너무나 잠깐이니까. 보통 두툼한 작품에는 지지부진한 슬럼프와 방황, 흉터 같은 고쳐 쓰기의 흔적이 묻어 있다. 그래서 난 거대한 일을 유려한 호흡으로 뽑아내는 솜씨에 언제나 감탄한다. 수많은 인원을 동원해 우아하게 지어 올리는 건물, 수십 개의 악기가 하나인 듯 연주하는 오케스트라는 볼수록 놀라울 뿐이다.

나는 호흡이 짧은 편이라 주로 3분 남짓한 노래나 짧은 글을 주 종목으로 삼지만, 긴 호흡으로 해야 하는 작업도 늘 있었다. 특히 흐름이 하나로 길게 이어지는 콘셉트 앨범이나 2~3년에 걸쳐 쓴 단행본이 그랬다. 한 호흡으로는 할 수 없는 일이었다.

이럴 때 필요한 게 호흡을 확장해 주는 보조장치다. 수많은 메모와 노트, 엑셀 진행표 등을 활용한다. 어디까지 작업했는지 표시한 진도표와 메모가 없다면 내가 뭘 하고 있는지 매번 잊어버렸을 것이다.

기록은 미완의 작품을 오래 품고 있을 때에도 효과를 발휘한다. 뒤늦게 제안이나 프로젝트와 만나 완성되는 경우가 그렇다. 내가 발표한 몇몇 작품은 꽤 오래전 스케치 상태로 기록해 두었다가 훗날 우연한 계기로 완성한 곡이다. 뚝딱뚝딱 만든 발표작은 별로 없다.

문자가 없는 사회는 기록을 남길 수 없어 많이 외우고 반복한다는데, 나는 반복과 암기에 약한 사람이다. 메모와 노트, 엑셀 문서 같은 '문자' 덕분에 몇몇 아이디어를 오래 품고 발전시킬 수 있었다.

횟수로는
1,825회나
드나들었을
자기
집이

어떻게
5년간
출퇴근하면서

무슨
색인지조차
모를
수
있을까?

리사 제노바, 『기억의 뇌과학』
(윤승희 옮김, 웅진지식하우스, 2022)

'정말 똑같다!' 싶게 흉내를 잘 내는 코미디언을 좋아한다. 재미있기도 하지만 그 관찰력이 감탄스럽다. 대충 지나쳤던 현실의 한구석을 다시 보게 만든다. 연기 비결에 대한 그들의 인터뷰를 보면 하나같이 '평소 관찰하는 게 습관'이라고 한다. 사람들의 말투나 버릇에 유난히 관심이 많고 잘 기억하는 사람이 있는 것이다. 나는 이것이 세상을 경이롭게 보라는 가르침과 멀지 않다고 생각한다. 언뜻 자잘한 일에 마음을 쏟는 것으로 보이지만 이들은 사실 삶을 흥미진진하게 보는 것이다.

흥미와 관찰은 창작의 큰 바탕이다. 많은 창작 교사들이 주변의 세상을 한번 잘 살펴보라고 말한다. 우리는 항상 세상을 보고 있는데 뭘 더 보라는 거지?

관념이 아닌 있는 그대로의 실제를 보라는 뜻이다. 현실에는 수많은 디테일이 있고 똑같은 장면은 하나도 없다. 하지만 한 장면에서 백 가지를 보는 사람이 있는가 하면 별 특별함을 못 느끼는 사람도 있다.

일단 디테일에 관심이 가면 모든 게 심상치 않아 보이고 소재의 폭도 넓어진다. 위대한 화가나 음악가가 사용한 소재라 해서 꼭 특별하지는 않다. 산과 들판과 정물이 있고, 밤의 정감을 표현한 연주곡과 계절을 담은 노래가 있다. 그것이 특별해 보이는 이유는 우리가 미처 보지 못한 미묘한 지점을 포착해 다시 보게 하기 때문이다.

코미디언이 흉내 내는 장면 역시 우리가 잘 아는 것이다. 친숙한 장면에서 포착한 디테일에 우리는 웃는다. 그러나 쇼가 끝나면 관찰력은 그들에게 맡기고 무심한 시선으로 돌아간다.

코즈믹
피자식당에서
열리는
열린
무대의
밤에
어느덧   출연해
나는   보기로
몇   결심했다.
곡을
직접
쓰게
되었고,
그걸로

미셸 자우너, 『H마트에서 울다』
(정혜윤 옮김, 문학동네, 2022)

십 대 때 피아노를 연습하다 처음으로 악보에 없는 무언가를 쳐 보고 싶었던 기억이 난다. 혼자 집에 있어서 들을 이라곤 아무도 없었다. 오른손 저 너머에 거의 안 쳐 본 건반이 있었다. 그 건반을 친다고 무슨 일이 일어나는 것도 아닌데, 그때는 몇 센티미터 떨어진 그 건반을 눌러 보는 게 어찌나 모험처럼 느껴지던지.

이십 대 초반에는 기타로 가사가 있는 첫 노래를 썼다. 그때도 마찬가지였다. 노래를 만들고 싶은 충동은 있었지만 입이 떨어지지 않았다. 어느 날 블루스 코드 진행을 반주로 녹음해 놓고 혼자 몰래 흥얼거려 본 곡이 내 첫 노래였다. 그다음부터는 좀 더 쉬웠다. 그러나 한동안은 의심스러웠다. 이게 맞는 건가? 이 정도도 작품이라 할 수 있나? 하지만 가까운 친구들에게 들려주고 소감도 들어 보며 내 음악 언어를 다져 나갔다. 본격적으로 녹음을 하고 음반을 만들며 배짱은 더욱 커졌다.

지금은 누가 뭐라든 하고 싶은 대로 하면 된다는 입장이다. 그저 하고 싶은 대로 잘 안 된다는 게 문제일 뿐. 오히려 익숙한 음악 언어에 갇힌 건 아닌지 생각할 때가 있다. 때로는 그 언어에서 살짝 벗어나는 일에 관심이 가기도 한다. 마치 첫 노래를 만들고 처음 낯선 건반을 눌렀던 때처럼.

재즈의 거장 마일스 데이비스는 방금 연주한 음이 틀렸다 해도 다음 음을 통해 그 음을 맞는 음으로 바꿀 수 있다고 했다. 매일 작업실에 가서 그날 우연히 누른 음으로 작곡을 시작한다는 음악가의 얘기도 들었다. 창작은 얼마나 열린 세계인지, 나는 얼마나 그 일부만을 사용하고 있는지 생각한다.

루소는 나무나 캔버스에
입체감을 울타리, 옮겨놓는
나타내는 세관, 데만
원근법은 공동주택 열중했다.
쓰지 등을
않고 꼼꼼한
붓질로

코르넬리아 슈타베노프, 『앙리 루소』
(이영주 옮김, 마로니에북스, 2006)

현장에서 관심이 가는 것이 있으면 생생할 때 적는다. 어느 동네의 풍경, 누군가의 말버릇, 억지로 꾸며 내기 힘든 우스운 상황 등. 그중 일부는 시간이 지나고 봐도 절묘하다. 그런 절묘함은 내가 지어낸 것이 아니라 대상에 담겨 있던 것이다. 내 메모는 카메라의 셔터 누르기인 셈이다.

난 그렇게 세상 풍경을 담아 두었다 작품에 사용하는 것을 '떠오기'라는 말로 즐겨 표현한다. 초등학교 시절 과제였던 '연못물 떠오기'에서 연상했는데, 연못물을 떠오면 그 안의 작은 생물들도 따라온다는 게 포인트다. 즉 연못물을 인위적으로 만들 수는 없지만 조심스레 떠올 수는 있다.

노래나 글에서 이 연못물은 그대로 작품이 되지 않는다. 다른 데서 떠온 것과 잘 배치해 색다른 느낌을 주기도 하고, 멜로디에 맞춰 조금 변형하기도 한다. 이 모두가 잘 맞아떨어지면 상상력과 현실성이 공존하는 근사한 작품이 만들어진다.

이와 반대인 작법은 '지어내기'라 부르고 싶다. 드라마를 볼 때 100퍼센트 확실한 것은 아니지만 나는 어떤 대사나 장면이 실제의 경험을 참고한 것인지 짐작으로 구성한 것인지 맞혀 보곤 한다. 맞히기는 생각보다 쉽다. 많은 장면이 말은 되지만 현실에서 보는 모습과는 꽤 다르기 때문이다.

우리는 현실과 괴리된 예술에 익숙하다. 그것이 실제 일이 돌아가는 방식, 실제의 말투와 다르다는 것을 알지만 넘어간다. 말은 되니까. 아니, 말이 안 되도 많은 경우 넘어간다.

예술의 역사에서 '자연으로 돌아가자'는 말이 주기적으로 나오는 건 그래서인지도 모른다. 모든 예술이 현실을 재현할 필요는 없다. 그러나 주기적인 환기가 필요하다.

만약
그들이
사회
속으로
들어가지
않는다면,

그들이
사회
속으로
들어간다면,
그들에겐
글을
쓸
시간이
없다.

그들의
작품은
읽을
만한
게
못
된다.
반면,

오스카 와일드, 『오스카리아나』
(박명숙 엮고 옮김, 민음사, 2016)

설거지를 하다가 문득 이런 생각을 했다. 항상 영감을 좇으며 사는 것도 조금 이상한 일이라고. 창작은 가끔만 하고 주변을 즐기며 사는 편이 머리도 맑아지고 좋은 게 아닐까.

창작이 직업이라 그런지 몰라도 창의성과 거리가 있는 일을 동경할 때도 많다. 그저 열심히 따라 하면 되는 일이나 성실히 집중만 하면 되는 일. 아마추어 연주자가 좋아하는 곡을 매일 연습하는 것도 좋아 보인다. 문득 궁금해진다. 왜 많은 이들이 꼭 자기 곡을 쓰려 하지? 이름을 남기려고? 자신을 증명하려고?

새롭고 다른 게 항상 좋은 건 아니다. 오히려 같은 과정을 반복할 때 미세한 차이나 아름다움이 나오기도 한다. 결국 세상에 똑같은 건 없으니까. 그럼에도 '새로움' '개성'을 내세우는 일은 늘 인기가 많다. 나는 많은 행사에서 '나만의 OO 만들기' 같은 프로그램을 본다. 거기에서 말하는 '나만의 OO'을 보면 때로는 의아하다. 90퍼센트의 완성품에 10퍼센트를 더하는 개성과 창의성이랄까. 색을 취향에 맞게 칠하거나 꾸미는 정도를 '나만의 OO'이라 소개한다.

왜 처음부터 만들 자유를 주지 않지? 아마 어렵고 부담스러워할 사람이 많기 때문일 것이다. 어쩌면 많은 사람이 원하는 개성과 창의성이란 직접 어떤 과정을 체험해 보고 자신의 작은 흔적을 남기는 소박한 것인지도 모른다.

그에 비해 나 같은 창작자는 '나만의 OO'이 많은 셈이다. 그래서 '나'를 드러내지 않는 일이 좋아 보이기도 한다. 똑같은 색을 잘 칠해 보는 쪽이 진정한 체험처럼 느껴진다.

시도조차
하지
마라.

당신의
인생사는
책으로
낼
정도가
아니다.

一〇〇

프랜 리보위츠, 『나, 프랜 리보위츠』
(우아름 옮김, 문학동네, 2022)

잘하는 것과 하고 싶은 게 다른 경우가 많다. 특히 주변에서 "너는 이게 장점이야."라고 말해 줘도 본인은 썩 마음에 안 들어 한다. 자아란 항상 다른 곳으로 가고 싶어 하니까.

나 역시 장점까지는 아니더라도 내 개성이 뭔지는 안다. 작품에서 진지하고 차분한 인상이나 노래에서 읊조리는 느낌을 주는 것. 그건 내 일부다. 하지만 꼭 그러고 싶어 그러는 건 아니다. 솔직히 나는 좀 더 유머를 섞거나 화려한 편성을 시도해 보고 싶다. 하지만 세상은 늘 하고 싶은 것보다 잘하는 것을 계속하길 바란다. 틀린 말은 아니지만 하고 싶은 것도 중요하다. 어떡하지?

내 해결책은 최대한 둘 다 하는 것이다. 지금 하는 어떤 일이 나의 개성과 연결되어 있다면 그건 그것대로 이어 가되 하고 싶은 것 또한 따로 해 본다. 그럼 올인해서 실패할 위험도 줄어든다. 나는 해마다 피아노 연주 프로젝트를 계획한다. 시간과 에너지가 딸리지만 절대 포기하지 않는다.

최근 『미공개 실내악』이라는 책을 쓸 때는 잘해 오던 것과 하고 싶은 것을 살짝 섞어 보았다. 주변을 집요하게 묘사하는 일이 그 시점에 내가 잘할 수 있는 것이었다. 그러나 그것만으로는 성에 차지 않았다. 그때 짧은 멜로디를 작곡해 악보를 넣자는 아이디어가 떠올랐다. 나는 항상 그런 식으로 구성된 책을 좋아했으니까. 짧은 악보가 들어간 동화책이나 그림과 글귀가 포함된 악보.

책이 완성되었고, 비교적 개인적인 취향으로 편안하게 쓴 책이라 모두에게 이해받으리라 기대하지 않았다. 그러나 사람들은 알아보았다. 내 숨겨진 취향과 살짝 섞어 둔 농담까지.

그러니까 결국 기회가 되면 다 해 보는 것도 나쁘지 않다.

영감의 말들
: 작업의 물꼬를 트기 위하여

2022년 12월 4일 　　초판 1쇄 발행

지은이
김목인

펴낸이	**펴낸곳**	**등록**	
조성웅	도서출판 유유	제406-2010-000032호(2010년 4월 2일)	

주소
서울시 마포구 동교로15길 30, 3층 (우편번호 04003)

전화	**팩스**	**홈페이지**	**전자우편**
02-3144-6869	0303-3444-4645	uupress.co.kr	uupress@gmail.com
	페이스북	**트위터**	**인스타그램**
	facebook.com /uupress	twitter.com /uu_press	instagram.com /uupress

편집	**디자인**	**조판**	**마케팅**
인수, 류현영	이기준	정은정	황효선

제작	**인쇄**	**제책**	**물류**
제이오	(주)민언프린텍	다온바인텍	책과일터

ISBN 979-11-6770-052-0 03810